台灣創意百科

出 版 説 明

　　有中國人的地方，就有華文；有華文的地方就有傑出的創意。

　　華文創意的最大特色，在於他不僅反映東方文化的精髓、思想本質和人生哲學，更巧妙蘊含并詮釋着中國人獨有的理念與智慧。

　　在世界各民族文化的相互冲擊之下，中國人秉承華夏文明之傳統，將使華文創意更放光芒。

　　放眼國際，比照這套中國《台灣創意百科》，台灣地區源源不絶的創意文化，已經開始蔚爲光芒。

　　現今的創意潮流是由過去的累積及他人的經驗而來，《台灣創意百科》的出版，就是爲了大陸創意同仁走更遠的路。

　　《台灣創意百科》正是所有走在潮流尖端的創意人回顧與前瞻，學習與溝通的工具。

　　《台灣創意百科》的出版，是我們嚴格按照政策有關規定一是内容上不能反對國家的政治制度，二是不能違背"一個中國"原則，經過嚴肅認真的審讀，原書凡是"政府單位"、"中華民國"、"民國"、"國家"、"台獨"等有關内容均已删除，現以嶄新的面貌呈現給廣大讀者的。編輯過程中，有損原作精神或作品不盡完整之處，還望作者與讀者諒解。

　　《台灣創意百科》的出版，得到了台灣設計家文化事業有限公司的大力支持。基於中華民族之同一血脈，出版同業之情誼，更爲達到文化交流，促進海峽兩岸創意水平之提升，王士朝先生傾力而爲，藉此致以深深謝意。

台灣創意百科

商業設計·2

企劃編輯：台灣印刷與設計雜志社
總　編　輯：楊宗魁
編輯指導：王士朝
責任編輯：章小林　李　克

出版發行：湖南美術出版社
地　　址：長沙市人民中路103號
經　　銷：湖南省新華書店
製　　版：台灣彩色製版印刷
印　　刷：深圳市彩帝印刷實業有限公司
開　　本：890×1240　1/16　印張：10.5
2000年10月第一版　2000年10月第一次印刷
印　　數：1-3000册
ISBN 7-5356-1456-6/J·1373

定　　價：118.00元

英文縮寫本義

PL	企劃(Planner)
CD	創意指導(Creative Director)
AD	藝術指導(Art Director)
D	設計(Designer)
P	攝影(Photographer)
I	插圖(Illustrator)
C	文案(Copywriter)
AG	製作公司(Agency)
CL	客户(Client)
FD	導演(Film Director)
SV	監製(Supervisor)
PD	製片(Producer)
CA	攝影(Cameraman)
L	燈光(Lighting)
FE	剪接(Film Editor)
AU	録音(Audio)
PR	影片製作(Production)
CG	電腦動畫(Computer Graphic)

台灣創意百科

商業設計・2

目　錄

編 輯 組 織
Editorial Organization

王士朝 Su-Chao Wang

楊宗魁 Tzung-Kuei Yang

王行恭 David Wang

何清輝 Taddy Ho

吳錦江 David Wu

林磐聳 Apex Lin

柯鴻圖 Andy Ko

●召集人
王士朝
設計家文化事業有限公司發行人兼藝術總監
印刷與設計雜誌發行人兼藝術總監
輔仁大學應用美術系兼任講師
台灣美術設計協會常務理事

●總編輯
楊宗魁
設計家文化事業有限公司總經理兼創意總監
印刷與設計雜誌總編輯兼創意總監
中原大學商業設計系兼任講師
台灣美術設計協會常務理事

●編選委員
王行恭
王行恭設計事務所負責人
台北市立師範學院兼任副教授

何清輝
黃禾廣告事業股份有限公司總經理兼創意總監
台灣中國文化大學廣告系兼任講師
台灣美術設計協會常務理事長

吳錦江
米開蘭創意設計有限公司總經理

林磐聳
台灣師大大學美術系副教授
登泰設計顧問有限公司顧問
台灣美術設計協會常務理事

柯鴻圖
鴻圖視覺設計有限公司創意總監

求新、求變、求根本

——在新世紀來臨前,台灣設計人應有的功課

20世紀已進入尾聲,世界各地的各行各業都在整理本世紀內所發生的大事,以便回顧歷史及展望未來。因為,面對着公元2001年的"21世紀"之開始,人類到底要如何再走下去? 而從事創意設計工作的朋友們又將如何去迎接新的挑戰? 尤其是生活在台灣的我們,應該要怎樣準備呢? 在此提出一些個人的看法以就教同行朋友。

台灣設計的現代化、國際化,在這近十年中有明顯的進展,不論是立體空間或平面印刷等等設計表現,都常有令人讚賞的佳作出現,也鼓舞了不少同行的向上心情,但是如果只有欣賞的態度,而不知提升整體的水準,那麼佳作的出現就只是曇花一現而已。因此,台灣設計界的朋友如果有心要走上國際舞台,目前有五種重要的功課要去加強。

一、外語能力的增進:台灣比之香港、新加坡在英語表達上遜色不少,要想和國際同步,必須先有熟練的外語能力才行,否則在溝通、閱讀各種先進前衛的資訊時就落後一步,而自己的想法也說不出去,這是雙方的損失。

二、電腦技能的熟悉:新一代的設計技巧幾乎已由電腦的操作所取代,如果要在設計界繼續經營下去,對電腦技能的了解及操作,必須要能駕輕就熟才行。但是傳統的手繪基礎能力也不能荒廢,如此相互應用才能相得益彰。

三、專業特色的深入:設計的面向很多,要想樣樣精通不太容易,所以要先了解自己有什麼專長特色是別人無法取代的。如色彩應用、文字造型、標誌設計、版面規劃、插圖風格、包裝結構等等,如此才會取得業界的肯定。

四、人文藝術的修養:作為一個優秀的設計人,除了要能完成適當的設計作品外,還必須要擁有充足的文化認知、哲學思想、藝術鑒賞等等人文方面的修養。這樣才不會使設計出來的作品,只是充其量的美化而無深厚的內涵生命。

五、市場營銷的觀念:有了好的設計能力,如果不懂得溝通彼此,不了解市場的賣點和盲點陷阱,那麼常會有懷才不遇的憂悶,做起設計也就無法順利圓滿。如此必定會降低工作 意願、折損設計生命,對自己是最大的傷害。

有了以上五種功課的完成,在從事設計工作時也要注意到個人獨特風格的塑造,這樣才能表現出每個設計人的特色面貌,讓自己的精神、品位有別于他人,也才不會有一窩風的雷同作品,分不出是誰在模仿誰。

因此,站在台灣的立場,設計的表現在內涵上要有本土的精神,在構圖上要有國際的技巧,如此的手法才能突顯出台灣的特色并獲得國際的青睞,這也就是設計界常常談論的"本土情、國際觀"的方式。

而一個成熟的設計人,除了自己的作品能獲得肯定外,對于同行或其他相關行業的作品,我們也要培養出懂得去欣賞、讚美、表揚他人優秀的作品。以大公無私的心態去接納他人的優點,改善自己的缺點,大家互相切磋勉勵,以提升全體台灣設計界的水準為職責,進而和國際并駕齊驅。

身為從事設計工作的我們,既然已經走了設計的這條不歸路,就要無怨無悔地以"終身力行設計"為抱負,不要見异思遷地隨便更換行業。要以國外高齡七八十歲仍堅持從事設計表現的大師們為榜樣,終身奉行設計來累積寶貴的經驗以為後進者參考,如此,台灣的設計人才有資格、光榮地面對歷史,謙虛地說:"我以設計奉獻台灣"。

王士朝/1998台灣創意百科召集人

一年大一寸

——從執編《台灣創意百科》看台灣設計

　　《台灣創意百科》的出版,除了彙整編錄台灣杰出設計創作發表,提供給同業觀摩、交流和相互參考使用,以及替台灣設計史迹留下一些珍貴紀錄外,也是本業檢視自我發展之最佳驗證資料。以執編三套《台灣創意百科》出版爲例:

　　1991年,我們首次規劃編印台灣第一套創意百科,内容包括廣告、設計、包裝、插畫及專業攝影五本年鑑,當時參選作品僅以"不錯,可以"即可刊錄爲原則,共搜錄有台灣364家公司、843位創作者之3857件作品介紹。

　　1995年,第二套台灣創意百科,編印内容增加了形象設計,全套共有六本年鑑,參選作品亦提升到必須"很好,富有新意",才給予刊錄,也搜錄有392家公司、783位創作者之3099件作品介紹。

　　今年,《1998年台灣創意百科》,編訂版本改爲僅保留廣告、設計、形象和包裝等四本純創意性年鑑,同時并追求以"優異、令人欣賞"的作品爲選錄標準,而收錄了229家公司、1018位創作者之2100件作品介紹。

　　從以上三階段不同選錄標準比較,可顯見這幾年來台灣的純設計創作表現確有相當的進步,也足可在創意舞台上自我炫耀一番。但如仔細分析,就人在敬業態度的成長和普及化之整體發展進度而言却仍嫌不足:例如設計人本身自我經營用心不够,求知創新精神不够,以及自然關愛服務本業之熱忱不够等。

　　以本輯執編作業和承辦相關活動過程略舉提供參考:

　　1.設計人主動争取認可及自我宣傳之積極度不够,應邀展出或參選作品、資料都須經承辦單位三催四請和多次電話聯絡才得收件使用。

　　2.部份從業者自視太高,自認作品不被評比,或抱着無所謂心態,未提供作品參選而錯失推銷自己的機會。

　　3.平常不重視收集自己作品,和拍攝非平面印件不易收集之相關係列創作存檔,等須使用時無法提供,或隨便以提案色稿充數應選。

　　4.對自己作品之正片攝製不够用心,或根本不懂得如何安排拍攝,以致因爲布局、背景、燈光等掌握不當,而影響其應選條件及整體表現效果。

　　5.捨不得投資花錢攝製120或4×5正片,而只以自己拍攝的135小正片或印刷物參選,其結果不是被淘汰、割捨,就是因放大品質不良,而使得好作品無法做大版面刊介使用。

　　6.缺少自我要求與嘗試創作的精神,未能累進自己專業表現及作品鑑賞能力,往往提供一堆普通商務印件,却難有少數得以獲選刊錄。

　　7.共同參與本業推展事務意願不高,也吝於提供相關經費襄助,缺乏與同業交流和相互增長機會。

　　8.許多人只顧小愛缺少大愛,平常辦活動、做交流,出發點似乎都以塑造自己形象或拓展公司業務爲主要目的,而較少同時真正兼顧整體台灣設計之心。

　　事實上,前述幾項缺點,始終是台灣設計界十幾年來普遍存在且未能有效改進的現象,也是長期影響本業整體發展的重要因素之一。因此,就編者個人看法,欲見台灣設計水準能普及快速提升,除了有心加強純創作表現外,首要亦應從"人、心態"根本改善做起。如此,設計界的明天才能更好,及期待邁向"一年大一寸"之成長進度發展。

楊宗魁/1998台灣創意百科總編輯

带着台灣的表情昂首闊步

——《1998 台灣創意百科·商業設計年鑑》編選評析

20 世紀的台灣即將邁入歷史,在這紛爭不斷的 20 世紀裏,台灣從一個被遺棄的孤島,演變成爲國際上最富生命力的地區,它所憑藉的只是島民不死的强韌生命力和海盜性格。在 20 世紀的末期,它開創了泡沫式的奇蹟,也在這種有錢就能妝扮的條件之下,"文化"就如同村姑頭上的大花簪一樣,隨着商品市場化,而被企業推入尋常百姓的生活之中;白蘿蔔(菜頭,好采頭)和波羅(鳳梨,旺來)曾幾何時也瞬間成了檯面上的象徵符號,成了符號中的上上之選。這就是台灣的"文化",也是代表台灣的象徵符號無可奈何的産生途徑。

在這樣紛雜擾攘的社會裏,台灣將隨同 20 世紀進入歷史。在台灣的設計小社會中,不難發現還有少數的一群創作者,孤獨地在生存與文化之間,企圖留下少許記録,與歷史一同邁入不朽。他們在工作中屈就現實,在文化的無奈中,選擇熟悉的題材創作。在没有機會的島上,他們將代表台灣的符號,推向國際,漸漸地也有了些許的機會和回應。這些作品,幾乎和台灣的文化現實無關,和商業行爲無關,但的確爲這個島嶼,開拓了一片視野,也攻佔了一方小小的位置。這是面對 20 世紀將被埋葬的最後日子裏,台灣的設計現實——不願缺席。

台灣生存環境的荒謬與無奈,世所皆知。所謂人文元素,社會背景與文化特質,更是五味雜陳、冷暖自知。"新台灣人"的身份認同與角色定位,將更紛擾著創作者長期對於母體文化的依賴性與寄生關係。地理分隔的現實與社會生態的演變。將主控日後創作者的探索方向:思想構建的迷思與創作語彙的滯障,也將是近程文化現象的主軸。在這樣的大紛亂的局面中,台灣的設計工作者,一方面要擺脱生存的現實,再方面企圖邁入另一層次的創作境界,到底這要祭出怎樣的尚方寶劍,才能掌握現實,突破問題的核心,去解決創作的盲點呢?

"後台灣圖騰"時代已幡然來臨,建構台灣美學,除了赤足猛踏之外,别無他法。台灣的表情,無論是艷俗還是冷峻,都必然通過迷亂、探索、沉潛、過濾與蜕變等手段,來抽離與拆解母體文化中的元素,重新組裝與創建。台灣的設計創作者,在特有的文化現象與社會特質中,吸取養分;在傳統與創新的思維激盪中探索方向;在對待圖騰與符號的表達上,時時刻刻不斷地實驗與辯證,以追求更精確的圖像,才能淋漓盡致地表達台灣的表情,昂首闊步,邁向 21 世紀的新時代。

王行恭/1998 台灣創意百科編選委員

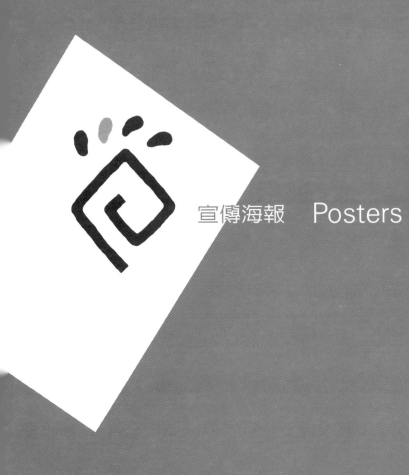

宣傳海報　Posters

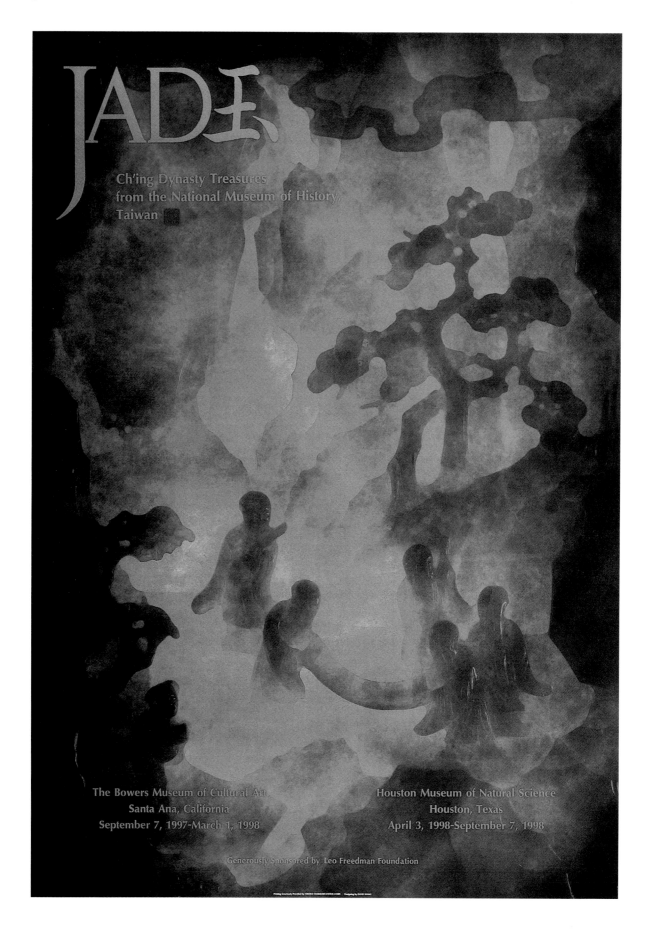

JADE玉

Ch'ing Dynasty Treasures
from the National Museum of History,
Taiwan

The Bowers Museum of Cultural Art
Santa Ana, California
September 7, 1997-March 1, 1998

Houston Museum of Natural Science
Houston, Texas
April 3, 1998-September 7, 1998

Generously Sponsored by Leo Freedman Foundation

清代玉雕展
DT 1997.09
CD 王行恭　AD 王行恭
D　王行恭　　P　劉慶堂
AG 王行恭設計事務所
CL Bowers Museum;
　　Santa Ana, California

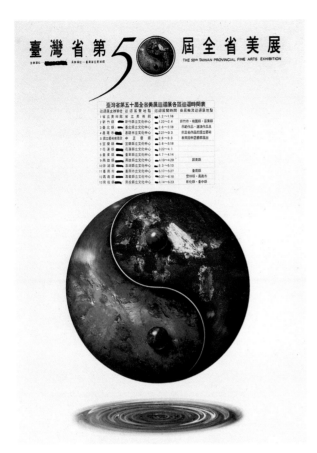

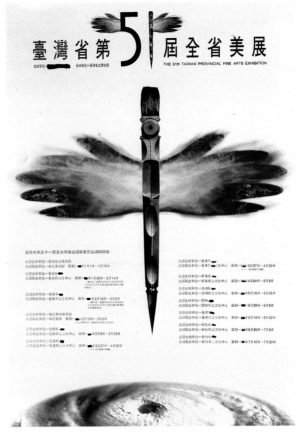

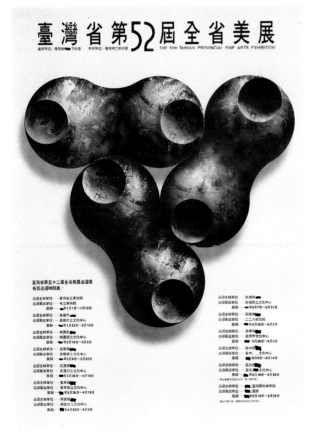

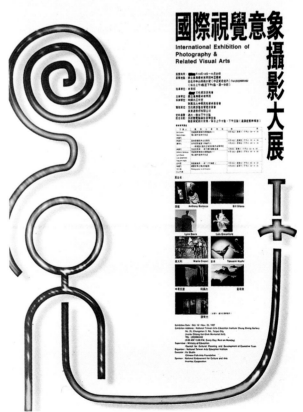

臺灣省第50屆全省美展　　臺灣省第51屆全省美展　　臺灣省第52屆全省美展　　國際視覺意象攝影大展
DT 1995.10　　　　　　　DT 1996.10　　　　　　　DT 1997.10　　　　　　　DT 1997.10
CD 王行恭 AD 王行恭　　CD 王行恭 AD 王行恭　　CD 王行恭 AD 王行恭　　CD 王行恭 AD 王行恭
D 王行恭 CG 葉國松　　D 王行恭 CG 葉國松　　D 王行恭 CG 葉國松　　D 王行恭 CG 葉國松
AG 王行恭設計事務所　　AG 王行恭設計事務所　　AG 王行恭設計事務所　　AG 王行恭設計事務所
CL 臺灣省立美術館　　　CL 臺灣省立美術館　　　CL 臺灣省立美術館　　　CL 臺灣藝術教育館

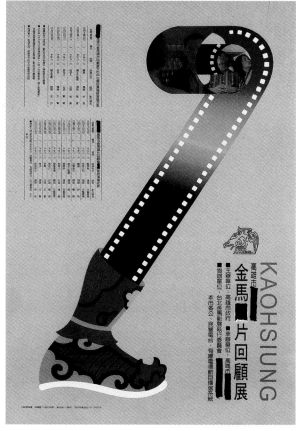

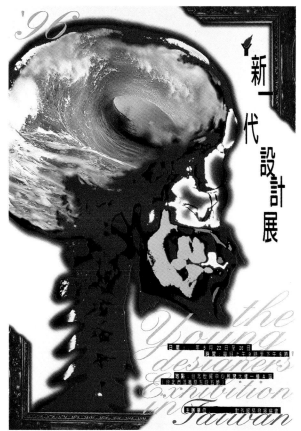

1997台北國際海報節
DT 1997.11
PL 葉國松　D 葉國松
AG 大葉設計有限公司
CL 台灣印象海報設計
　　聯誼會

高雄市85年金馬　片回顧展
DT 1996.11
CD 林國慶　AD 林國慶
D 吳沛瑩　I 林國慶
AG 我在形象設計公司
CL 高雄市.
• 第三屆台南美展優選獎

新一代設計展海報
DT 1996.05
PL 陳永基　D 陳永基
P 影像銀行
AG 陳永基設計有限公司
CL 外貿協會設計發展中心
• 形象獲1996 Top Star VI應
　用類銀獎

陳永基個人設計展
DT 1997.02
PL 陳永基　D 陳永基
P 明室攝影　C 陳永基
AG 陳永基設計有限公司
CL 惜福文教基金會

• 1997香港亞太海報展入選
• 1997香港IDN亞洲數碼設
　計藝術比賽入選
• 1997美國Creativity 27
　Annual Award海報優異獎
• 1997 Top Star海報優異獎

設計與文化　　　　　　　　　　　設計與文化

台灣適地性舒雅裝 創新禮服作品展

台灣適地性舒雅裝 創新禮服作品展

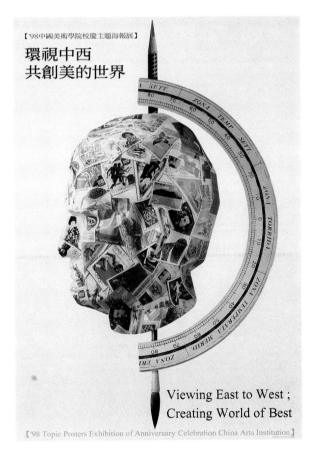

【'98中國美術學院校慶主題海報展】
環視中西
共創美的世界

Viewing East to West ;
Creating World of Best

【'98 Topic Posters Exhibition of Anniversary Celebration China Arts Institution】

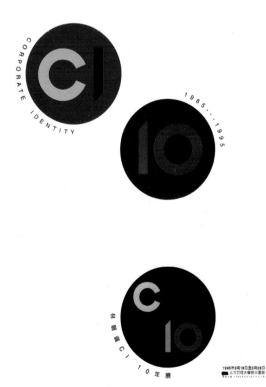

台灣適地舒雅裝創新禮服
設計展海報系列
DT 1997.03
PL 輔仁大學織品服裝系所
CD 胡澤民　AD 胡澤民
D 胡澤民　I 胡澤民
AG 輔仁大學織品服裝系所
CL 文建會、輔仁大學

中國美術學院校慶海報展
DT 1997
CD 柯鴻圖　D 柯鴻圖
C 趙思慧
AG 竹本堂文化事業(股)
CL 中國美術學院

林磐聳CI十年展
DT 1995.03
CD 林磐聳　D 林磐聳
AG 林磐聳
CL 林磐聳

陳紹寬佛藝雕刻展

陳紹寬佛藝雕刻展

陳紹寬佛藝雕刻展

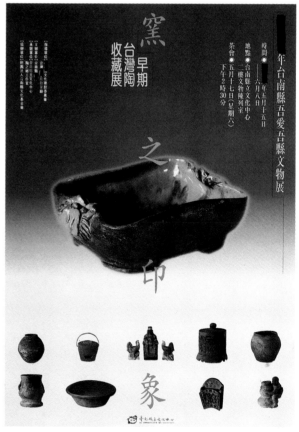

年台南縣吾愛吾縣文物展

陳紹寬佛藝雕刻展海報系列　　　　　　　　台南縣吾愛吾縣文物展
DT　1996.03　　　　　・1996 Top Star海報類金獎　DT　1997.04
PL　李根在　　D　李根在　　・第51屆全省美展視覺設計　PL　郭雪珍　CD　李男
I　　李根在　　　　　　　　　　類銅牌獎　　　　　　AD　李男
AG　李根在平面設計工作室　・1996世界華人平面設計大　AG　李男設計有限公司
CL　佛光緣美術館　　　　　　賽海報類優選　　　　　CL　台南縣立文化中心

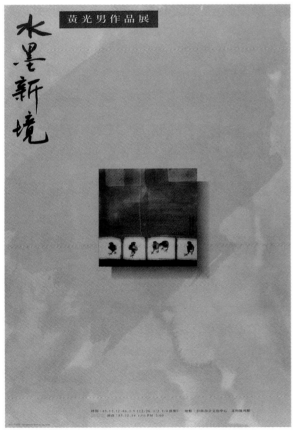

TAIWAN taiwan

facing FACE

LA BTENAN DT VENEPA
XL VI ESPOSIZONE INTERNAZIONALE D'ARTE

高市第二屆創意之星設計獎
DT 1997
PL 林國慶 CD 林國慶
AD 林國慶 D 莊錦鐘
P 干琦攝影 C 林國慶   黃光男水墨個展
AG 我在形象設計公司   DT 1997.03
CL 高雄市廣告創意協會   PL 許和捷 D 許和捷
 • 1997台北國際視覺設計展
   海報創作金獎

臺灣藝術活動海報
DT 1997.03
CD 吳東勝 D 吳東勝
P 吳東勝
AG 藝士廣告設計攝影公司
CL 藝士廣告設計攝影公司

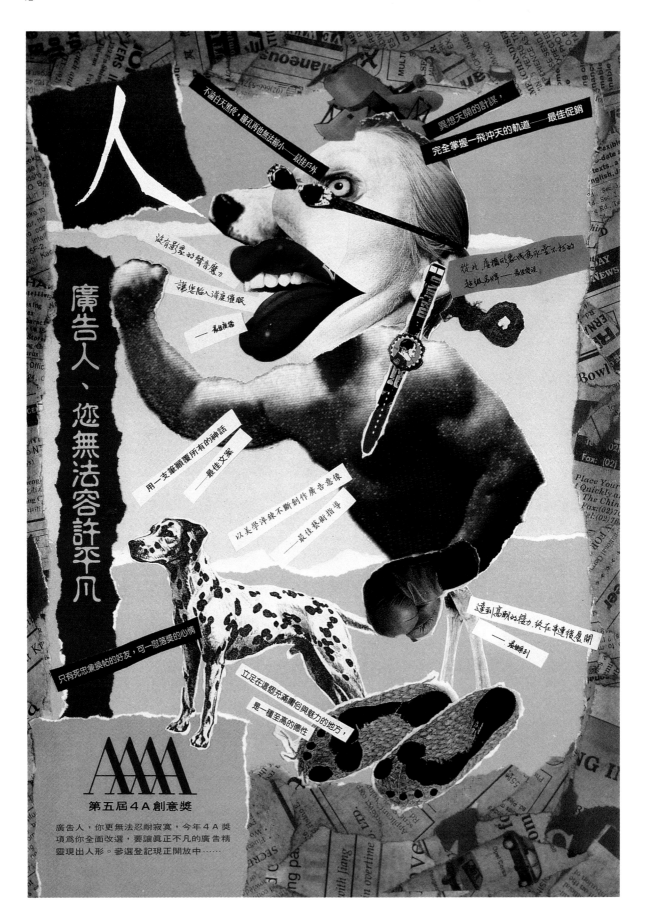

第五屆4A創意獎徵件海報
DT 1995.03
CD 陳裕堂 AD 張麗如
C 駱莉莉
AG 華商寶傑廣告事業(股)
CL 北市廣告業經營人協會

舞蹈空間舞團97跨年演出
DT 1996.11
PL 舞蹈空間舞團
AD 彭錦耀　D 吳慧雯
I 彼德‧小話
C 舞蹈空間舞團
AG 吳慧雯設計工作室
CL 舞蹈空間舞團

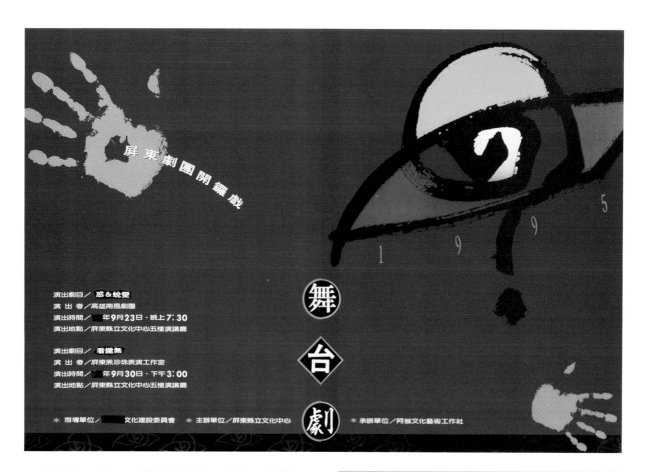

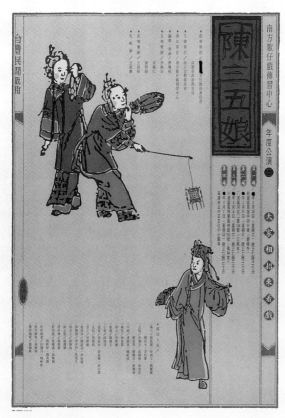

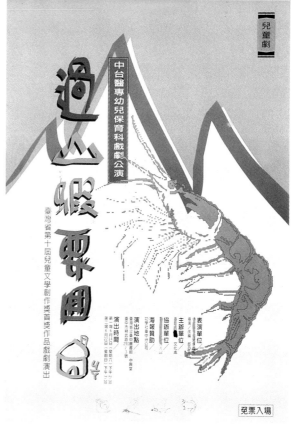

14

屏東劇團開鑼戲／舞台劇　　　南方歌仔戲傳習中心年度公
　　　　　　　　　　　　　　演／陳三五娘
DT 1995.09　　　　　　　　　DT 1996.03
PL 黃麗娟　　D 黃麗娟　　　　PL 黃麗娟　　D 黃麗娟
　I 蘇仙筆　　　　　　　　　　I　黃麗娟　　C 許瓊文　　　中台醫專幼保科戲劇公演
AG 觀心影像創意有限公司　　　AG 觀心影像創意有限公司　　DT 1997.06
CL 屏東縣立文化中心　　　　　CL 南方文教基金會　　　　　PL 廖玲玲　　D 李淑恩
　• 1997台北國際視覺設計展　　• 高雄市第一屆創意之星設　　AG 卡多里設計有限公司
　　海報創作金獎　　　　　　　　計獎海報類金獎　　　　　　CL 中台醫專幼兒保育科

國光劇團演出／京秋戲賞　　　　表演藝術校園巡迴演出　　　　首屆醫學插畫藝術特展　　　　1996劇場藝術研習營實習演

DT　1996.09　　　　　　　　　　DT　1998.02　　　　　　　　　DT　1996.10　　　　　　　　　出／利西翠妲

AD　楊勝雄　D　楊勝雄　　　　AD　楊勝雄　D　楊勝雄　　　D　黃振華　I　李麗敏　　　DT　1996.02

AG　綠手指文化事業公司　　　　AG　綠手指文化事業公司　　　AG　計華工作室有限公司　　　AD　楊勝雄　　D　楊勝雄

　　　　　　　　　　　　　　　　　　　　　　　　　　　　CL　長庚紀念醫院　　　　　　AG　綠手指文化事業公司

對愛滋病患而言，你的關懷或歧視，只是一念之間
As for AIDS patients, your concern or prejudice are simply devided by a state of mind

希望工作坊

希望工作坊愛滋義工訓練營
DT 1997.03
PL 李根在　　　D 李根在
I 李根在　　　C 李根在
AG 李根在平面設計工作室
CL 　　　預防醫學學會

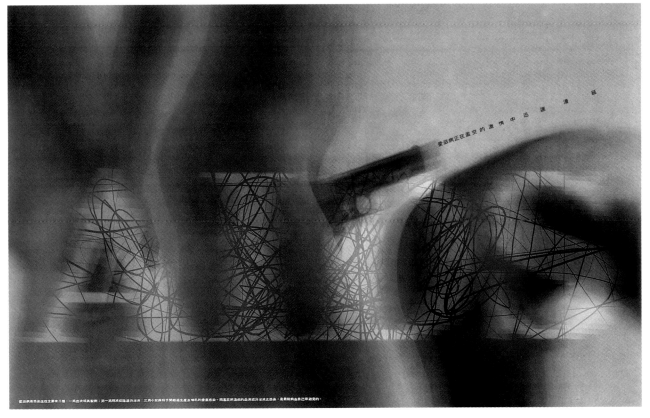

1996世界愛滋日／月曆篇
DT 1996.12
PL 李根在　D 李根在
I 李根在　C 李根在
AG 李根在平面設計工作室
CL 　　　預防醫學學會
• 1997第20屆時報廣告金像
　獎／海報類銀像獎
• 1996 Top Star海報類銅獎
• 第3屆台南市美展設計優選

1996世界愛滋日／迷宮篇
DT 1996.12
PL 李根在　D 李根在
I 李根在　C 李根在
AG 李根在平面設計工作室
CL 　　　預防醫學學會

AIDS防治宣傳海報
DT 1995.02
PL 吳仁評、李根在
D 吳仁評、李根在
I 吳仁評　C 吳仁評
AG 吳仁評設計工作室
CL 日本設計交流協會

• 1995日本第七回大阪國際
　設計競賽入圍

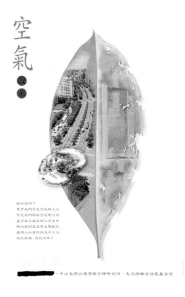

我願意一輩子照顧牠
即使對方生病、老去
也不遺棄牠……

大高雄空氣污染防制宣導
DT 1997.03
CD 陳炎良　D 陳炎良
P 陳炎良　C 曾伊俐
AG 陳炎良設計製作(瑞邁)

流浪動物之家天長地久系列
DT 1997.09
PL 周俊仲　CD 周俊仲
AD 邱泰蠡、周俊仲、莊岳勳
D 林玉玲　C 周俊仲
P 賴哲毅　CG 洪一傑
AG 靈獅廣告股份有限公司
CL 流浪動物之家基金會
• 雜誌獲1998第21屆時報廣
告金像獎公共服務銀像獎

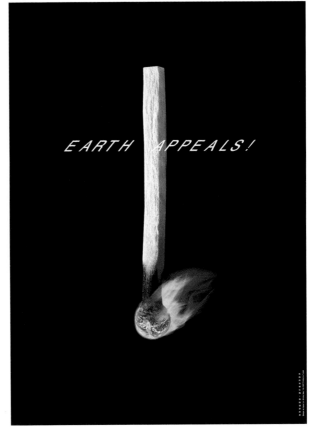

STOP海報
DT 1997
D 游明龍
AG 游明龍設計有限公司
CL 游明龍設計有限公司

保護人權海報
DT 1997.11
AD 楊勝雄　D 楊勝雄
I 楊勝雄
AG 綠手指文化事業公司
CL 綠手指文化事業公司
• 1997第11屆法國巴黎國際
海報沙龍展入選

地球環保海報
DT 1997
D 高思聖
C 高思聖
AG 高思聖
CL 高思聖

地球的呼喚海報
DT 1997
AD 林磐聳　D 林磐聳
P 戴進元　CG 葉國松
AG 林磐聳
CL 林磐聳

1995
TAIWAN 反毒
IMAGE

去毒 毒 得壽

主辦單位／■■■■■‧協辦單位／台灣印象海報設計聯誼會

台灣印象反毒海報／去毒
得壽
DT 1995.01
CD 王炳南　　D 王炳南
I　王炳南　　C 王炳南

CL
‧英國Std海報首獎
‧香港96亞洲設計海報優選
‧1997台北國際視覺設計展
　海報創作金獎

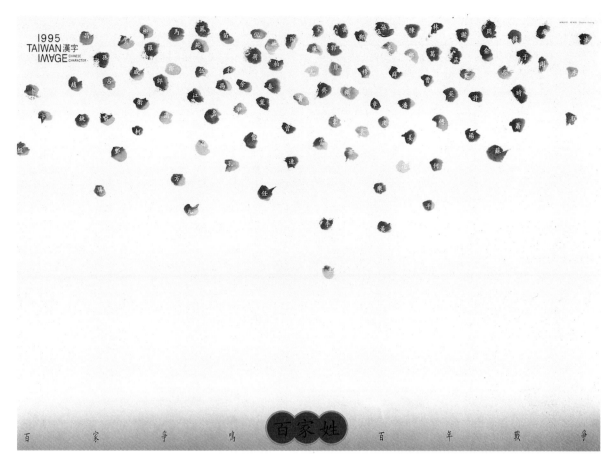

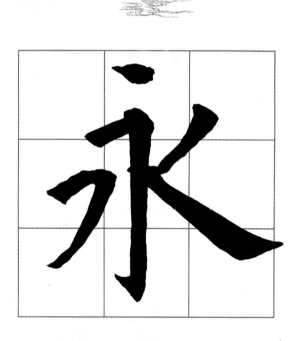

台灣印象漢字海報／百家姓
DT 1995.01
CD 程湘如　D 程湘如
I 程湘如
CL 台灣印象海報設計
聯誼會
• 1995 Top Star海報優異獎
• 香港亞洲設計優異獎

47
台灣印象反毒海報／活著
拒毒
DT 1995
CD 游明龍　D 游明龍

台灣印象漢字海報／我的
名字
DT 1995.01
CD 陳永基　D 陳永基
CL 台灣印象海報設計
聯誼會
• 1996瑞士Graphis Poster
優異獎

1996
TAIWAN色彩
IMAGE COLOR

設計／何清輝 Designed by Teddy-HO ⓒ 1996 Printed in Taipei

台灣印象色彩海報／心誠
則靈
DT 1996.01
CD 何清輝　D 何清輝
P 王守仁
CL 台灣印象海報設計
　　聯誼會
•1996世界華人平面設計大
　賽銀獎

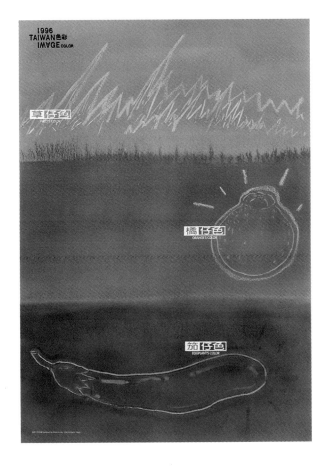

台灣印象色彩海報／龜襄
DT 1996
CD 傅銘傳　D 傅銘傳
P 李達民
CL 台灣印象海報設計
聯誼會

台灣印象色彩海報／華族紅
之壽
DT 1996.01
CD 王士朝　D 王士朝
CL 台灣印象海報設計
聯誼會

• 1996世界華人平面設計大
賽評審獎
• 1997香港亞太海報展獲文
化博物館典藏

台灣印象色彩海報
DT 1996.01
CD 許和捷　D 許和捷
I 許和捷
CL 台灣印象海報設計
聯誼會

台灣印象色彩海報／台灣寺
廟傳統色
DT 1996
CD 柯鴻圖　D 柯鴻圖
CL 台灣印象海報設計
聯誼會

台灣印象台灣原住民海報／
正視原住民、認識原住民
DT 1996
CD 林磐聳　　D 林磐聳
P　林慶雲
CL 順益台灣原住民博物館

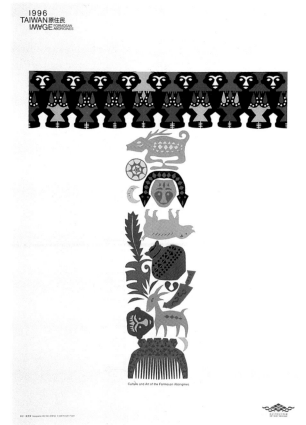

台灣印象台灣原住民海報／
黥面喜憂由命
DT 1996
CD 陳永基　D 陳永基
P 張詠捷　C 陳永基
CL 順益台灣原住民博物館
• 1996美國Creativity 26
　Annual Award海報類金獎
• 1996 Top Star海報類銀獎

台灣印象台灣原住民海報／
原住民之美
DT 1996.01
CD 施令紅　D 施令紅
I 施令紅
CL 順益台灣原住民博物館
• 墨西哥國際海報展入選

台灣印象台灣原住民海報
DT 1996
CD 高思聖　D 高思聖
CL 順益台灣原住民博物館
• 1997台北國際視覺設計展
　海報創作金獎

台灣印象台灣觀光海報／台
灣山水
DT 1996
CD 蔡進興　D 蔡進興
P 蔡進興、戴進元

1997
TAIWAN 溝通
IMAGE COM MUNICATION

Sometimes it takes patience
有些時候 溝通需要耐心

Commmmmmmmmmmmmmmmunication

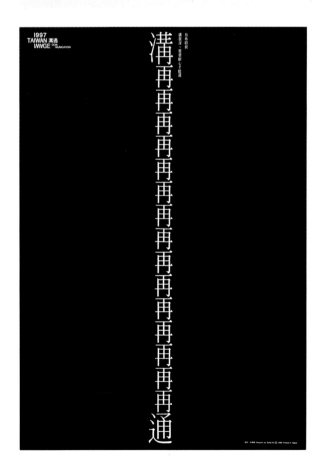

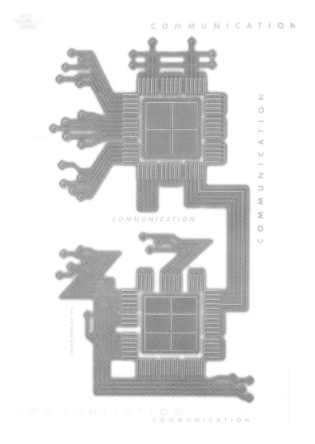

台灣印象溝通海報／溝通需
要耐心系列
DT 1997.01
CD 何清輝　D 何清輝
CL 台灣印象海報設計
　　聯誼會

台灣印象溝通海報
DT 1996.12
CD 施令紅　D 施令紅
CL 台灣印象海報設計
　　聯誼會
• 高雄美展美術設計優異獎

GOOD COMMUNICATION IS A KIND OF ART

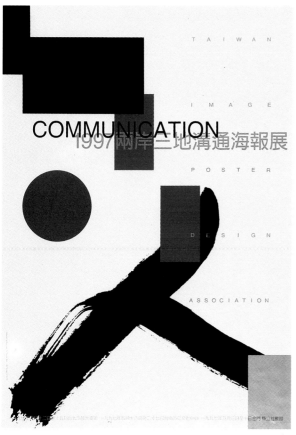

台灣印象溝通海報／溝通的
藝術
DT 1997
CD 傅銘傳　D 傅銘傳
P 李達民
CL 台灣印象海報設計
　　聯誼會

• 1997台北國際視覺設計展
　海報創作金獎
• 1997第11屆法國巴黎國
　際海報沙龍展入選

1997兩岸三地溝通海報展
DT 1997.04
D 游明龍、溫子捷
AG 登泰設計顧問公司
CL 台灣印象海報設計
　　聯誼會

台灣印象溝通海報／筆筆見
真情
DT 1996.11
CD 程湘如　D 程湘如
P 李子建　C 程湘如
CL 台灣印象海報設計
　　聯誼會

• 1996 Top Star 海報類銀獎

台灣印象溝通海報／對錯大
聲說
DT 1996.11
CD 王炳南　D 王炳南
I 王炳南
CL 台灣印象海報設計
　　聯誼會
• 1996第10屆法國巴黎國際
　海報沙龍展入選
• 1996 Top Star 海報優異獎

台灣印象溝通海報／狗口長
象牙
DT 1997
CD 陳永基　D 陳永基
C 陳永基、張琳華
CL 台灣印象海報設計
　　聯誼會
• 系列3件海報獲1997
　設計月

• 1997美國 Creativity 27
　Annual Award 海報優異獎
• 1997 Top Star 海報類銅獎
• 1998第21屆時報廣告金
　像獎／海報類銅像獎

台灣印象溝通海報／嘴
DT 1996.10
CD 王士朝　D 王士朝
CL 台灣印象海報設計
　　聯誼會
• 1997第11屆法國巴黎國
　際海報沙龍展入選

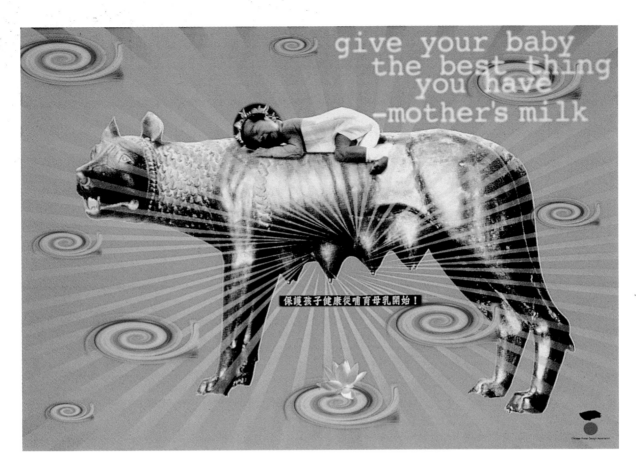

give your baby
the best thing
you have
-mother's milk

保護孩子健康從哺育母乳開始！

CHILD 保護兒童
PROTECTION

失蹤兒童 Missing Children

保護兒童海報／保護孩子健
康從哺育母乳開始   保護兒童海報   保護兒童海報／失蹤兒童
DT 1997.10   DT 1997.10   DT 1997
CD 葉國偉   D 葉國偉   CD 王士朝   D 王士朝   CD 康敏嵐   D 康敏嵐

保護兒童海報／制止兒童
暴力
DT 1997.09
CD 楊勝雄　D 楊勝雄
I　楊勝雄　C 楊勝雄

Let us enjoy a normal childhood!

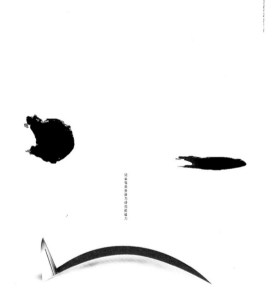

[我是你們的小天使：還是你們的不小心]

保護兒童海報／我們要的只
是安定的童年
DT 1997.10
CD 吳雪瑛　D 吳雪瑛

保護兒童海報／生日禮物
DT 1997.10
CD 蔡進興　D 蔡進興

保護兒童海報／嗚
DT 1997.10
CD 巫永堅　D 巫永堅
I 巫永堅　C 巫永堅

保護兒童海報／我是你們的
小天使：還是你們的不小心
DT 1997.09
CD 陳俊良　D 陳俊良
P 優邑攝影　C 陳俊良

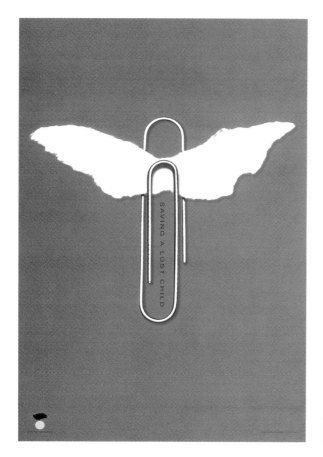

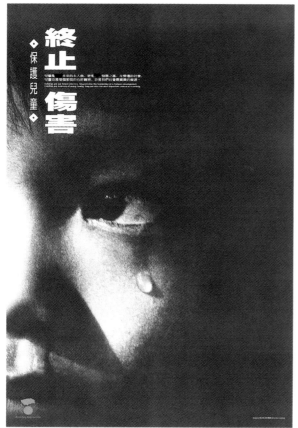

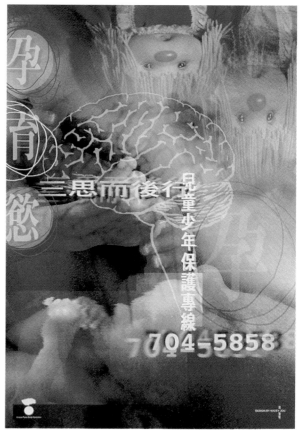

保護兒童海報／方向不迷失
DT 1997.10
CD 程湘如　D 程湘如　　保護兒童海報／拯救兒童　保護兒童海報／終止傷害　保護兒童海報／三思而後行
P 李子建　C 程湘如　　DT 1997.10　　　　　　DT 1997.10　　　　　　DT 1997.10
　　　　　　　　　　　CD 許和捷　D 許和捷　CD 鄭登城　D 鄭登城　CD 周慧敏　D 周慧敏

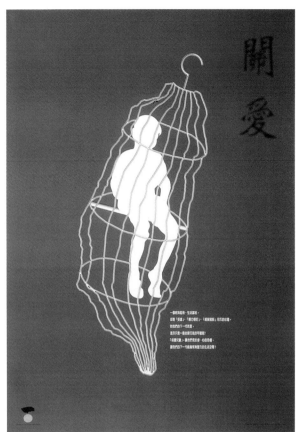

保護兒童海報／變色棒棒糖
DT 1997.10
CD 柯鴻圖　D 柯鴻圖
C 趙思慧

保護兒童海報／關愛
DT 1997.10
CD 崔秀芬　D 崔秀芬
C 崔秀芬

保護兒童海報／寶貝心肝
寶貝
DT 1997.10
CD 呂麗薇　D 呂麗薇

保護兒童海報／家是孩子的
庇護所
DT 1997.10
CD 高思聖　D 高思聖
I 高思聖

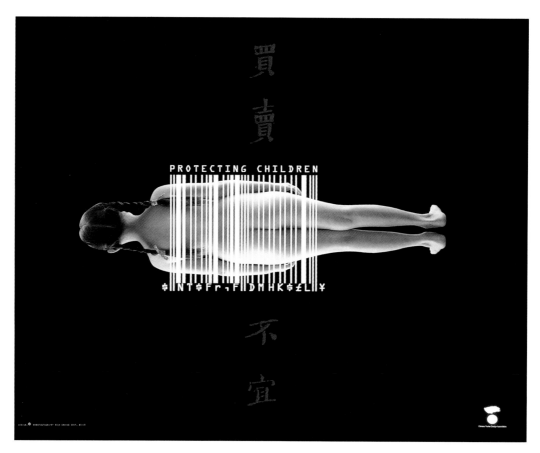

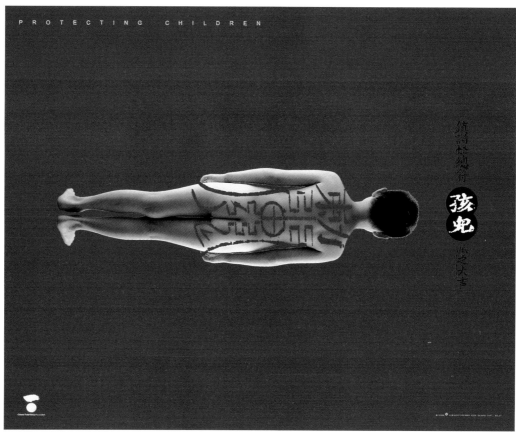

保護兒童海報／買賣不宜、
孩兒大吉系列
DT　1997.10
D　陳文育　　P　張致文
C　陳文育

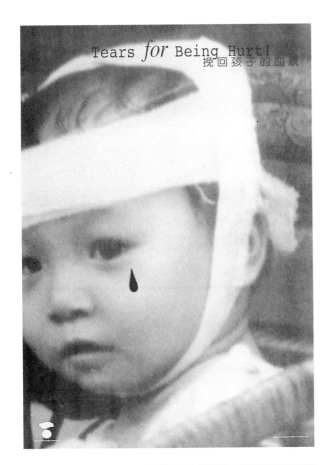

Tears *for* Being Hurt!
挽回孩子的血淚

保護兒童，使在成長過程中，免於任何恐懼與傷害

Children Protection

救救受虐兒

現代台灣的悲情

保護兒童海報／挽回孩子的
血淚
DT 1997.10
CD 王炳南　　D 王炳南
C 董瑞瑾

保護兒童海報
DT 1997.10
CD 蘇宗雄　　D 蘇宗雄

保護兒童海報／救救受虐兒
DT 1997.09
CD 葉國松　　D 葉國松

保護兒童海報／現代台灣的
悲情
DT 1997.05
CD 簡正宗
D 簡正宗、詹志彬
I 簡華怡

97

99

華僑銀行12星座海報系列
DT　1996.11
PL　黃克煒　CD　黃元禧
AD　張正成　　D　張正成
I　張正成　　C　許心心
AG　智得溝通事業(股)
CL　華僑銀行

CANCER

6月22日-7月22日

巨蟹座

溫情的衛士——

LEO

7月23日-8月23日

獅子座

魅力的領袖——

VIRGO

8月24日-9月22日

處女座

完美的化身——

SAGIARIUS

11月23日-12月21日

射手座

雋勇的戰士——

★神話與傳說：

★坦率積極的個性：

★活力四射的愛情觀：

★適合的事業：

★射手座的健康：

LIBRO

9月23日-10月23日

天秤座

浪漫的種子——

SCORPIO

10月24日-11月22日

天蠍座

勇敢的巨人——

鼠牛虎生肖賀年海報系列
DT　1997.06
CD　王炳南　　D　王炳南
I　　王炳南
AG　大觀視覺顧問(歐普)　　中國字法設計海報
CL　大觀視覺顧問(歐普)　　DT　1997.02
　　　　　　　　　　　　　　AD　吳鼎武‧瓦歷斯
• 1997　　設計月／優良平　　D　　吳鼎武‧瓦歷斯
　面設計獎　　　　　　　　　AG　黃蕃子CG工作室
• 1997 Top Star海報優異獎

COMMUNICATE

【風馳電掣】
傑出的創意是
無形的強大力量
難以衡量的無窮潛能
著重彼此之間的溝通
是我們重視的課題之一
唯有良好的溝通橋樑
才能使傑出創意有效傳播

TACTICS

【火眼金睛】
強大的策略
炎熱旺盛熱力無窮
是無限蔓延的能力
結合運用傑出的廣告表現
更具具眼光並能洞燭機先
是我們自我要求的素質

INDUCE

【雷厲風行】
春雷一動萬物復甦
響亮·劇烈且確實
完美的整合行銷策略如春雷一響
傑出的成果因之誕生
我們要求自己由初至終
巧妙傳達的精闢策略整合把關

IDEA

【電光石火】
物相變化瞬息
有著自然神奇的律動及巧思
創意的發想與創造
也在於那剎那瞬息的神思
合乎廣義的創意表現
是我們無止盡的努力目標

麥傑廣告公司形象海報系列
DT 1996.12
AD 陳進東　　D 陳貞妙
C　陳貞妙
AG 麥傑廣告有限公司
CL 麥傑廣告有限公司

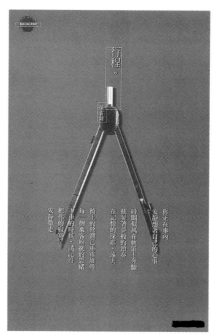

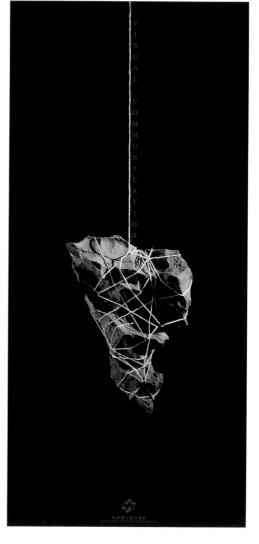

EX

捷運詩文海報系列　　兩儀廣告公司形象海報
DT　1997　　　　　DT　1997
D　　楊啓巽　　　　D　　吳東良　　P　吳東良
AG　楊啓巽工作室　　AG　兩儀廣告設計有限公司
　　　　　　　　　　CL　兩儀廣告設計有限公司

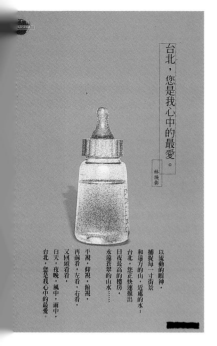

台北，您是我心中的最愛。

林煥彰

以流動的眼神，
捕捉每一寸街景
和達方的山，近處的水……
台北正快速推出
日夜長高的樓房。
平視、仰視、俯視，
再回頭看看，
又回頭看看。
白天，夜晚，風中，雨中，
台北，您是我心中的最愛。

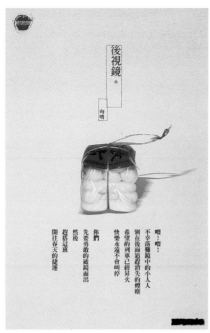

後視鏡。

向明

喂！喂！
不幸落難鏡中的小人人
別在後面追消失的燈座
希望的列車已經昇火
快樂永遠不會叫停
你們
先要勇敢的破鏡面出
然後
起搭覓斑
開往春天的捷運

人生滋味。

陳她

咖啡把滿月喝掉
舌尖的快樂是甜
還是苦？

"TAICHI"

*NATURE AND MAN
"TAICHI" IN CHINA MEANS
"YIN & YANG HARMONIZE
WISDOM IS ALL ORIGINED
FROM NATURE AND MAN"
PANJIT REGARDS BOTH
SCIENCE AND TECHNOLOGY
WHILE UPGRADING HUMAN LIVING QUALITY,
IT'S STILL A MUST TO EXIST WITH THE NATURAL.*

WITH NATURE ALL IN HARMONY

CHEN CHIN WEN

BE MYSELF

強茂公司天人合一形象海報
DT 1996.12
PL 藍傳真　CD 藍傳真
AD 藍傳真　D 郭家妙
I 王乙成　C 藍傳真
AG 春耕廣告有限公司
CL 強茂半導體公司
• 1997台北國際視覺設計展
　海報創作金獎

1997華人設計名家百人展邀
展個人形象海報
DT 1997.11
CD 陳清文　D 陳清文
AG 福康形象設計有限公司
CL 福康形象設計有限公司

自由落體設計形象海報／彌
DT 1997.04
PL 陳俊良　D 陳俊良
P 優邑攝影　C 楊淑媜
AG 自由落體設計(股)
CL 自由落體設計(股)

台灣平面設計協會第11期會
刊電腦繪圖專號出刊海報
DT 1996.12
PL 李根在　CD 李根在
AD 李根在、吳仁評
D 李根在　P 唐維駿
I 林隆達　CG 吳仁評
AG 李根在平面設計工作室

• 1997 Top Star海報類銅獎
• 第三屆台南市美展設計類
　佳作

益康100分蔬菜海報
DT 1997.02
PL 廖玲玲　D 王美娟
AG 卡多里設計有限公司
CL 漢光果菜生產合作社

• 第一屆大墩情懷設計展海
　報類銅獎

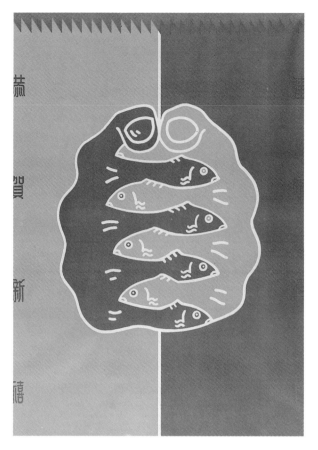

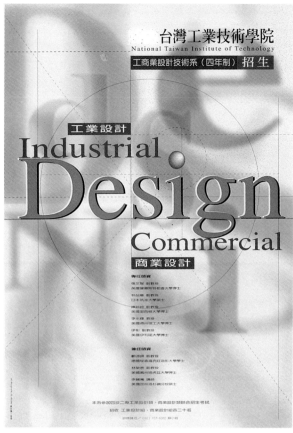

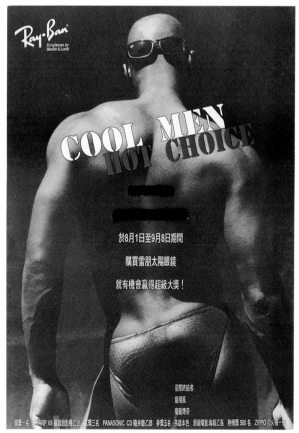

1997連年有餘賀年海報　　台灣工業技術學院招生　　龍田建設懷石別莊海報
DT 1997　　　　　　　　DT 1997.04　　　　　　DT 1997.11
PL 許和捷　CD 許和捷　PL 林品章　CD 蘇文清　PL 秦定國　CD 黃淑女　　DT 1996.07
AD 許和捷　　　　　　　AD 蘇文清　D 蘇文清　AD 黃淑女　D 黃淑女　　CD 周慧敏　AD 周懷魯
AG 許和捷　　　　　　　AG 台灣工業技術學院　P 賴光煜　C 秦定國　　　D 周懷魯
CL 許和捷　　　　　　　CL 台灣工業技術學院　AG 自由鳥廣告公司　　　AG 大維凱思特國際公司
　　　　　　　　　　　　　　　　　　　　　　CL 龍田建設股份有限公司　CL 博士倫股份有限公司

44

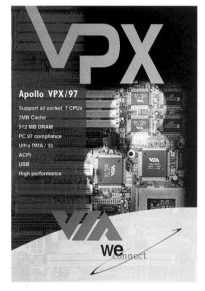

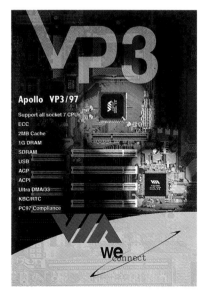

跨世紀的文化反省與展望
DT 1997.04～12
PL 林志堅　CD 林志堅
AD 吳慶智
D　姚宜君、張慕舉、王其平
AG 藝蜀設計有限公司
CL 聯合報系文化基金會

威盛電子公司產品海報系列
DT 1997.04
CD 陳立君
D　陳立君
AG 意思設計工作坊
CL 威盛電子股份有限公司

昊昇汽車音響公司形象海報
DT 1997.03
PL 黃盈瑞 AD 黃盈瑞
D 翁小娟
AG 迪爾設計顧問有限公司
CL 昊昇汽車音響有限公司

惠而浦冷氣落塵、急凍海報
DT 1997.07
PL 林家宏 CD 周俊仲
AD 林昆標 D 黃書慧
P 賴哲毅 C 周俊仲
AG 靈獅廣告股份有限公司
CL 東穎惠而浦(股)

Echoes
from
Shangri-la

Beyond the remote Himalayas, the echoes of the enchanting voice ring
in the earthly paradise, the Shangri-la.

NOMAD／製作   風潮唱片／發行

風潮唱片天唱專輯海報
DT 1996.10
AD 鄭司維   D 鄭司維
AG 點石設計有限公司
CL 風潮有聲出版有限公司

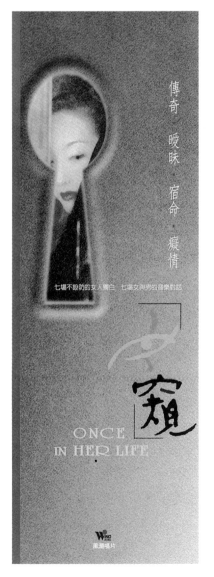

莫妮卡豎琴專輯海報　　風潮唱片女窺專輯海報　　太平洋SOGO敦化館週年慶
DT 1996.01　　　　　　DT 1997.05　　　　　　DT 1995.08
AD 周英弼　D 周英弼　AD 鄭司維　D 鄭司維　PL 太聯SOGO小組
AG 愉芳文化企業(股)　AG 點石設計有限公司　CD 蔣珮美　AD 蔣珮美
CL 雅太國際股份有限公司　CL 風潮有聲出版有限公司　D 蔣珮美　P 45°攝影
　　　　　　　　　　　　　　　　　　　　　　　　　C 朱君儀
　　　　　　　　　　　　　　　　　　　　　　　　　AG 太聯廣告股份有限公司
　　　　　　　　　　　　　　　　　　　　　　　　　CL 太平洋SOGO百貨公司

48

立碁科技Anigo太陽神電腦
產品促銷海報系列
D　馬東光
AG　山羚設計有限公司
CL　立碁科技股份有限公司

開 **Saab** 敞蓬的男人

濱海的路上，「太陽」是唯一允許在他頭上的……

SAAB

開 **Saab** 敞蓬的女人

在前往███劇院的路上，「風」是唯一允許與她親吻的……

SAAB

商富敞蓬車男人女人篇海報
DT 1997.07
PL 何清輝　　D 何清輝
C 何清輝
AG 黃禾廣告事業(股)
CL 商富汽車股份有限公司
• 1997第20屆時報廣告金像
　獎／海報類佳作

50

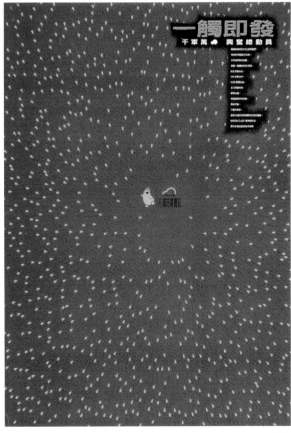

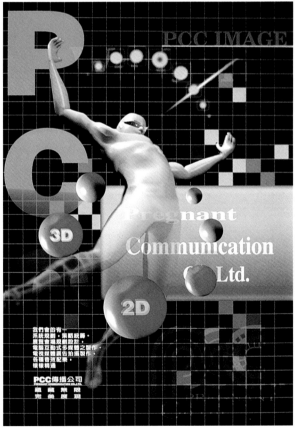

伍佰樹枝孤鳥專輯海報
DT　1998.01
D　李明道
AG　李明道工作室
CL　魔岩唱片股份有限公司

裕隆March汽車1996城市尋
寶記／精蟲篇
DT　1996.09
PL　汎太裕隆汽車小組
D　汎太裕隆汽車小組
I　汎太裕隆汽車小組
C　汎太裕隆汽車小組
AG　汎太國際股份有限公司
CL　裕隆汽車製造(股)

・1997第20屆時報廣告金像
　獎／海報類佳作
・1997第7屆4A創意獎／最
　佳海報獎

PCC傳播公司宣傳海報
DT　1995.07
D　侯純純、李宗穎、黃智偉
I　李宗穎　C　黃智偉
AG　侯純純設計工作室
CL　PCC傳播公司

・1996世界華人平面設計大
　賽評審獎

艾麗蜜絲3A芳香療法海報
DT 1997.03
PL 艾爾蓓麗、王正欽
CD 王正欽　AD 王正欽
D 王正欽　P 湯士彥
CG 柏齡設計 C 周羽雯
AG 柏齡設計有限公司
CL 艾爾蓓麗公司

寶淳茶業新茶道海報
DT 1996.10
PL 王威中　CD 林隆平
AD 林隆平　D 林隆平
P 汪大鈞
I 林隆平、汪大鈞
C 銳奇廣告編輯部
AG 銳奇廣告事業有限公司
CL 寶淳茶業公司

明碁電腦掃描器海報
DT 1996
PL 許玉員　CD 樊哲賢
AD 張家瑞　D 張家瑞
C Karen Brux
AG 紅方設計有限公司
CL 明碁電腦股份有限公司

比雅久機車PMX上市海報
DT 1997.07
PL 王顯瑤
CD 曾淑美、林立生
AD 林立生　P 大景攝影
AG BBDO上通廣告公司
CL 摩特動力工業(股)

• 1997第20屆時報廣告金像獎／海報類金像獎
• 1998第8屆4A創意獎／最佳海報獎銅獎

出版品　Publications

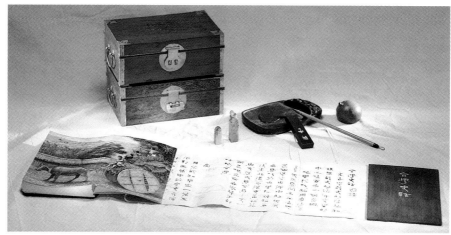

大方廣圓覺倄多羅了義經　　台灣史話套書
DT 1995.04　　　　　　　 DT 1997.01
PL 曾堯生　 D 曾堯生　　 PL 曾堯生　 D 曾堯生
AG 大觀視覺顧問(洛城)　　 AG 大觀視覺顧問(洛城)
CL 巨龍文化事業有限公司

大方廣佛華嚴經套書設計　楞伽阿跋多羅寶經
DT　1997.08　　　　　DT　1995.04
PL　曾堯生　D　曾堯生　PL　曾堯生　D　曾堯生
AG　大觀視覺顧問(洛城)　AG　大觀視覺顧問(洛城)
CL　方廣出版社　　　　CL　巨龍文化事業有限公司

第四輯磺溪文學套書封面
DT 1996
PL 陳彩雲　D 陳彩雲
AG 陳彩雲個人工作室
CL 彰化縣立文化中心

台中縣立文化中心成立十二
週年專輯
DT 1995
PL 陳彩雲　D 陳彩雲
I 陳彩雲
AG 陳彩雲個人工作室
CL 台中縣立文化中心

書緣不滅封面設計
DT 1996
PL 黃聖文　CD 黃聖文
D 黃聖文　I 黃聖文
C 九歌編輯部
AG 黃聖文工作室
CL 九歌出版社

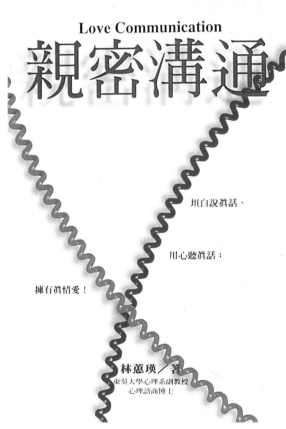

Love Communication

親密溝通

坦白說眞話、

用心聽眞話；

擁有眞情愛！

林蕙瑛/著
東吳大學心理系副教授
心理諮商博士

藏裏在被窩裡的星星

彭婉如紀念全集封面設計
DT 1997.11
D 康玫玫　C 蘇芊玲
AG 康玫玫個人設計工作室
CL 女書店

親密溝通封面設計
DT 1998.01
PL 黃曉峰　CD 郭靖
AD 陳明智　D 劉純岑
P 孫顯榮、何維剛
C 黃曉峰
AG 易林廣告股份有限公司
CL 台視文化事業(股)

上品寢具生活館星座手冊
DT 1997.03
PL 潘金鳳　CD 劉晏志
AD 劉晏志　D 劉晏志
C 潘金鳳
AG 龍浩公關企劃顧問公司
CL 上品寢具生活館

咖啡的樂趣封面設計
DT 1996.11
D 楊啓巽
I Evangelia Philippidis
楊啓巽
AG 楊啓巽設計工作室
CL 時報文化出版企業(股)

龍應台作品集封面設計
DT 1997.09
D 楊啓巽
AG 楊啓巽設計工作室
CL 時報文化出版企業(股)

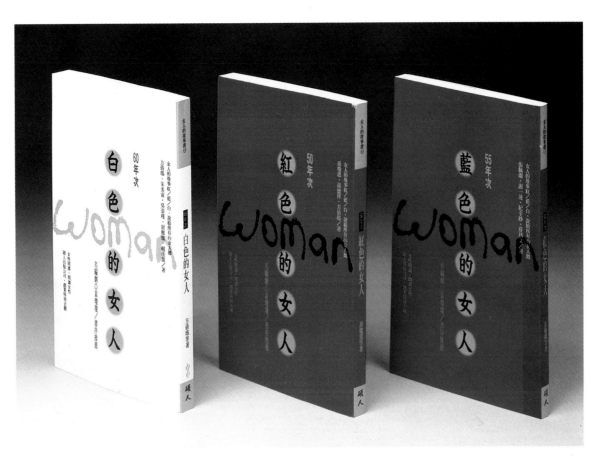

女人的故事書叢書封面設計　銀河的孩子封面設計
DT 1995.01　　　　　　　DT 1997.11
D　吳慧雯　　　　　　　　D　吳慧雯
AG 吳慧雯設計工作室　　　AG 吳慧雯設計工作室
CL 碩人出版有限公司　　　CL 元尊文化企業(股)

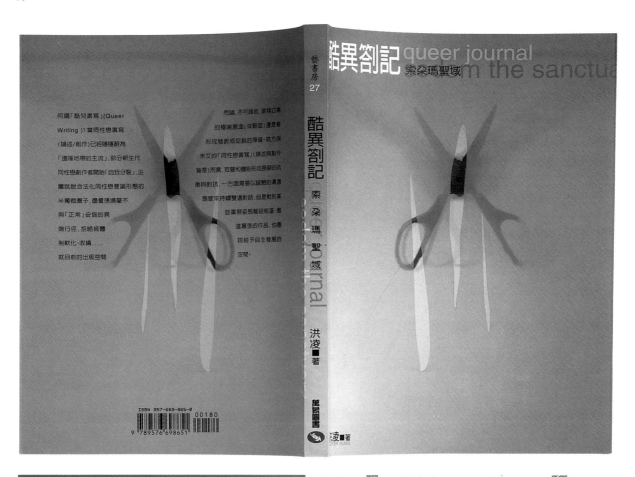

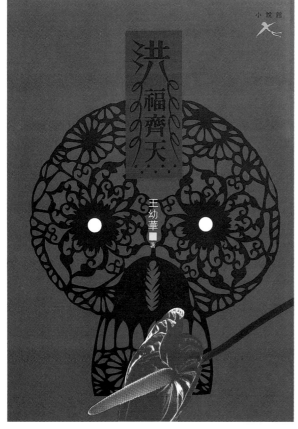

酷異刳記封面設計　　　　洪福齊天封面設計　　　　第八屆金曲獎特刊封面設計
DT 1997　　　　　　　　DT 1996　　　　　　　　DT 1997.04
CD 唐壽南　AD 唐壽南　　CD 唐壽南　D 唐壽南　　PL 王思迅　CD 徐璽
D 唐壽南　P 陳輝明　　　P 陳輝明　I 唐壽南　　AD 徐璽　D 徐璽
AG 遠流出版公司　　　　　AG 遠流出版公司　　　　AG 講經堂文化出版公司
CL 萬象圖書公司　　　　　CL 遠流出版公司

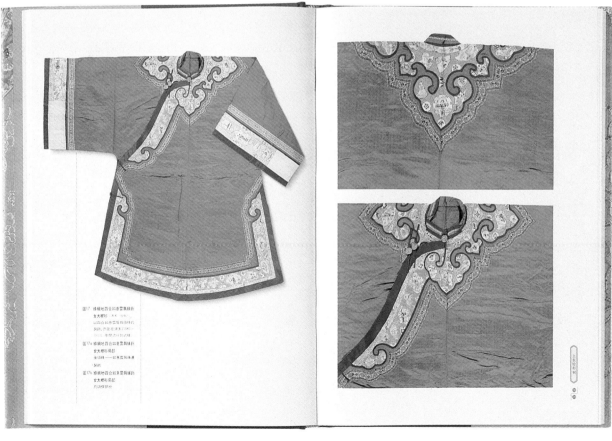

台灣早期服飾圖錄
DT　1995.10
D　李純慧
AG　李純慧設計工作室
CL　南天書局有限公司
• 1997台北國際視覺設計展
　書籍設計金獎

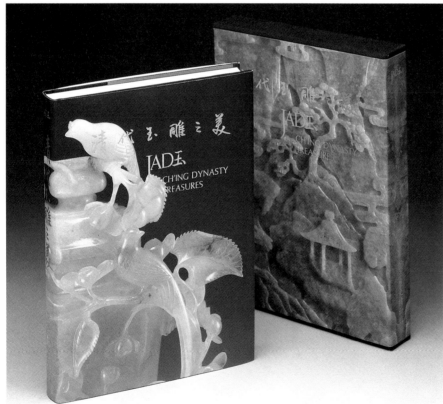

臺灣傳統版印圖錄
DT 1996.06
PL 洪敏麟、楊永智
CD 王行恭 AD 王行恭
D 王行恭 P 黃雨亭
C 洪敏麟、楊永智
AG 王行恭設計事務所
CL 台中市 文化中心

彰化縣古蹟圖說專輯
DT 1995.05
PL 鹿港文教基金會
CD 王行恭 AD 王行恭
D 王行恭
P 林彰三、施純夫、莊研育
　　陳仕賢、楊永智
AG 王行恭設計事務所

清代玉雕之美專輯
DT 1997
CD 王行恭 AD 王行恭
D 王行恭
AG 王行恭設計事務所

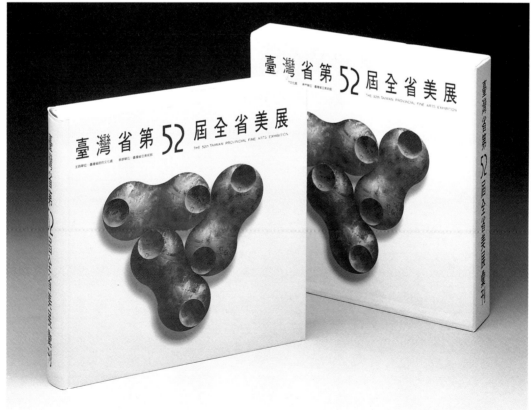

國際視覺意象攝影大展專輯　　臺灣省第52屆全省美展彙刊
DT 1997.10　　　　　　　　　DT 1997.10
CD 王行恭　AD 王行恭　　　　CD 王行恭　AD 王行恭
D 王行恭　CG 葉國松　　　　　D 王行恭　CG 葉國松
AG 王行恭設計事務所　　　　　AG 王行恭設計事務所
　　　　　　　　　　　　　　　CL 臺灣省　美術館

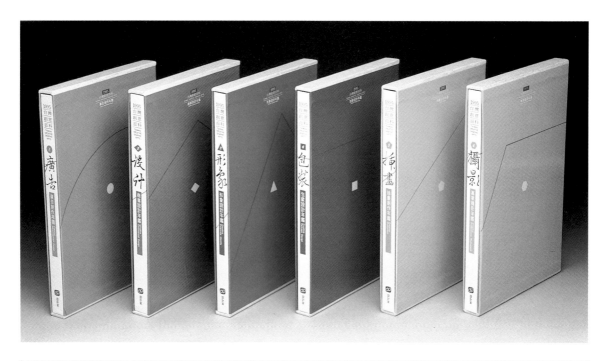

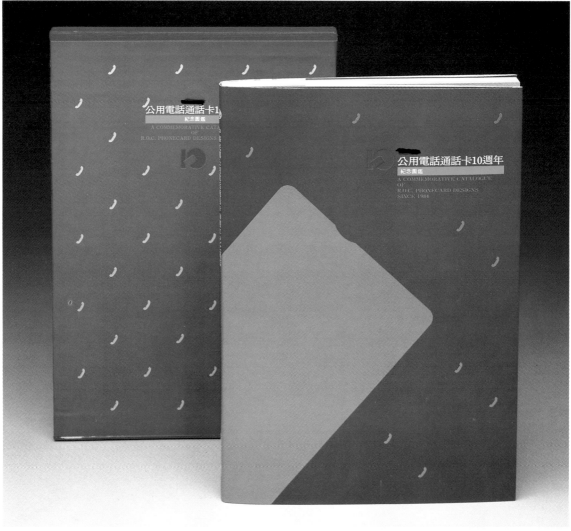

1995台灣創意百科封面設計
DT 1995.09
PL 楊宗魁　D 楊宗魁
AG 設計家文化事業公司
CL 設計家文化事業公司
• 1995台北國際視覺設計展
　封面創作金獎

電信總局公用電話通話卡10
週年紀念圖鑑
DT 1995.05
CD 楊宗魁　D 陳亦珍
AG 設計家文化事業公司

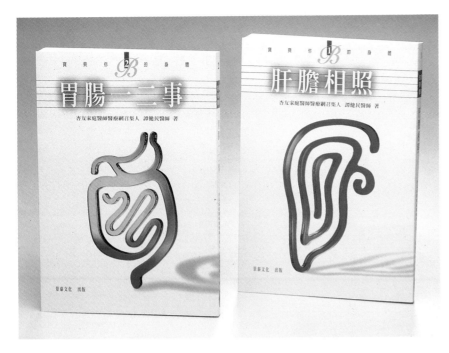

寶貝你的身體叢書封面設計
DT 1997.02
PL 陳俊良　D 陳俊良
AG 自由落體設計(股)
CL 景泰文化出版公司

天下文化財經企管叢書系列
DT 1996.03
PL 陳俊良　D 陳俊良
AG 自由落體設計(股)
CL 天下文化出版公司

金剛般若波羅蜜經
DT 1997.04
D 周煜國
AG 設計家文化事業公司
CL 林明德

愛樂人手記
DT 1997.08
PL 蘇飛鳳　AD 鄭司維
D 黃慧甄　P 劉展中
AG 點石設計有限公司
CL 福茂唱片股份有限公司
• 1997台北國際視覺設計展
　書籍設計金獎

中國人生叢書系列封面設計
DT 1995.06
D 黃慧甄 I 鄭司維
AG 點石設計有限公司
CL 揚智出版社

世界字典百科大圖鑑封面
DT 1997.10
PL 汪利玲 CD 林大鴻
AD 林大鴻 D 林大鴻
AG 林大鴻執一工作室
CL 凱信出版事業有限公司

新業務行銷大百科套書封面
DT 1997.10
PL 汪利玲 CD 林大鴻
AD 林大鴻 D 林大鴻
AG 林大鴻執一工作室
CL 凱信出版事業有限公司

童話童書創作寶盒套書　　科學遊戲寶盒套書系列
DT 1995　　　　　　　DT 1995
CD 康玫玫　D 康玫玫　　PL 吳玫珍　CD 康玫玫
I　艾瑞卡爾　　　　　　P　賴惠民　I　趙國宗
AG 康玫玫個人設計工作室　AG 康玫玫個人設計工作室
CL 上誼文化實業(股)　　CL 信誼出版社

處處聞啼鳥古詩套書封面　　　新魔法&科學館套書封面
DT 1997　　　　　　　　　　DT 1996.12
D 康玫玫　I 嚴振瀛　　　　　PL 吳萎如　CD 康玫玫
AG 康玫玫個人設計工作室　　　AG 康玫玫個人設計工作室
CL 信誼出版社　　　　　　　　CL 光復書局股份有限公司

四合院立體書版面設計
DT 1996.05
PL 楊凱欣 CD 蕭多皆
AD 邵逸平、邱曄祥
D   邵逸平、邱曄祥
I   王達人
C   黃華敦、楊毓芬
AG 綠森林紙製品(股)

高雄縣傳統藝術成果專輯
DT 1996.01
CD 林宏澤 AD 林宏澤
D 林宏澤 I 林宏澤
AG 翰堂廣告事業有限公司

• 1996世界華人平面設計大
賽優秀獎
• 1997台北國際視覺設計展
書籍設計金獎

台灣傳統版畫特展專輯
DT 1995.11
PL 翰堂廣告事業有限公司
CD 林宏澤 AD 李宜玟
D 姚念鳳
AG 翰堂廣告事業有限公司
CL 高雄市 美術館

柯鴻圖作品集封面設計
DT 1995
CD 柯鴻圖 D 柯鴻圖
AG 柯鴻圖
CL 雄獅圖書股份有限公司

紫檀封面＆版面設計
DT 1996.08
PL 程湘如　　D 程湘如
C 葉慧禎
AG 寒舍創意顧問(頑石)
CL 寒舍開發股份有限公司
• 1996 Top Star平面設計類
　銀獎

文藝創作獎作
品集系列
DT 1996.06
PL 程湘如　　D 程湘如
I 洪瑞琦
AG 寒舍創意顧問(頑石)

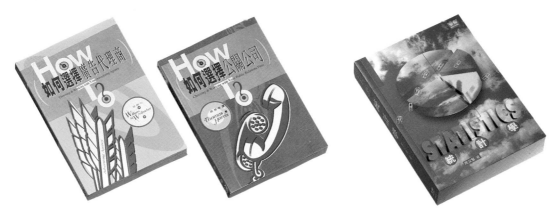

歐普設計公司十週年專輯
DT 1996.12
PL 王炳南　CD 王炳南
D 陳一崧　I 李長沛
C 董瑞瑾、李秀玫
AG 大觀視覺顧問(歐普)
CL 大觀視覺顧問(歐普)
• 1997 Top Star平面設計類
　優異獎

21世紀法律智慧百科叢書
DT 1997.05
CD 黃恆美　AD 黃恆美
D 黃恆美　I 黃恆美
AG 月旦出版社(股)
CL 月旦出版社(股)

滾石文化廣告叢書封面設計
DT 1997.12
D 螞蟻工場另度思考設計
AG 滾石文化股份有限公司
CL 滾石文化股份有限公司

智勝統計學封面設計
DT 1997.08
D 黃蔚倫、黃怡華
AG 雙黃本店視覺設計
CL 智勝出版社

74

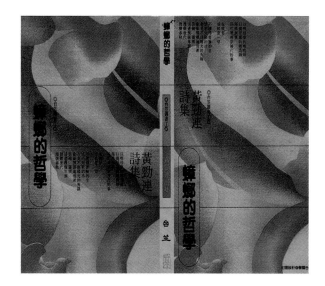

台笠叢書封面設計系列
DT 1995
PL 台笠出版社
CD 楊國台 AD 楊國台
D 楊國台
AG 統領廣告事業有限公司
CL 台笠出版社

醒吾高中服裝科畢業年鑑
DT 1997.06
CD 莊達孝 AD 莊達孝
D 陳伶如
AG 羅特列克廣告事業公司
CL 醒吾高中服裝科

浮出忘川封面設計
DT 1996.03
CD 莊達孝 AD 莊達孝
D 莊達孝
AG 羅特列克廣告事業公司
CL 業強出版社

你不知道的二二八封面設計
DT 1997.02
PL 黃聖文 D 黃聖文
I 黃聖文
AG 黃聖文工作室
CL 新新聞文化事業(股)
• 1997台北國際視覺設計展
 書籍設計金獎

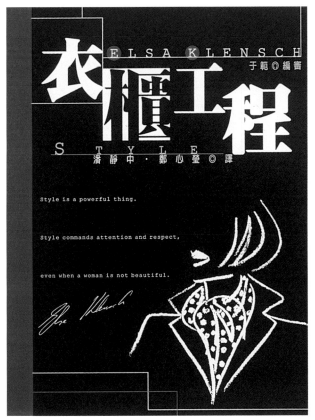

生活咖啡館封面設計
DT 1997
D　陳文育
AG　漢光文化事業(股)
CL　漢光文化事業(股)

當獅子遇到孔雀封面設計
DT 1997
D　陳文育
AG　漢光文化事業(股)
CL　漢光文化事業(股)

衣櫃工程封面設計
DT 1997.02
CD 林志嘉　AD 林志嘉
D　林志嘉、謝可平
AG　創型堂設計有限公司
CL　千華文化出版公司

儒家心性與天道封面設計
DT 1996.12
CD 林志嘉　AD 林志嘉
D　林志嘉、謝可平
AG　創型堂設計有限公司
CL　千華文化出版公司

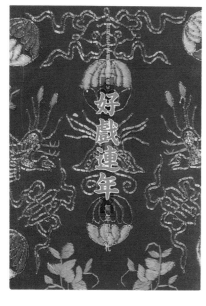

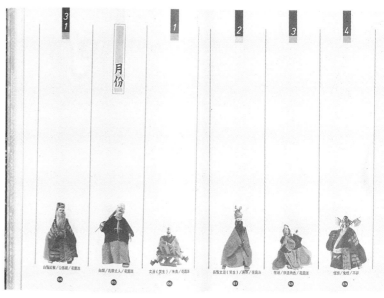

五色落實古線筆記書系列　　　好戲連年無年限手札
DT　1996.10　　　　　　　　DT　1996
PL　民間美術　CD　呂秀蘭　　PL　鄭如芳　　D　鄭如芳
AD　呂秀蘭　　D　呂秀蘭　　　P　陳宗華
C　呂秀蘭　　　　　　　　　　C　張峻程、鄭如芳
AG　橋國際設計顧問公司　　　AG　藍紫文化事業公司
CL　民間美術公司　　　　　　CL　西田社布袋戲基金會

台灣花卉賞花集日誌本
DT 1997.10
PL 程湘如　D 程湘如
P 李子建
AG 寒舍創意顧問(頑石)
CL 台灣區花卉輸出業公會
 • 1997台北國際視覺設計展
　書籍設計金獎

1996美麗佳人日誌本
DT 1996
PL 米開蘭創意設計公司
D 米開蘭創意設計公司
AG 米開蘭創意設計公司
CL 美麗佳人雜誌社

高雄市廣告創意協會第五屆
會員大會手冊
DT 1997.10
D 林水旺
AG 亞東商標設計事務所

民俗拾穗鼠年日誌本
DT　1995.08
CD　施令紅、柯鴻圖
AD　施令紅　D　施令紅　　　民俗拾穗牛＆虎年日誌本
I　柯鴻圖　　　　　　　　DT　1996.08～1997.08　　植物之美筆記書封面設計
AG　竹本堂文化事業(股)　　PL　趙思慧　CD　柯鴻圖　　DT　1995
CL　竹本堂文化事業(股)　　AD　柯鴻圖　D　柯鴻圖　　CD　柯鴻圖　　D　柯鴻圖
• 1997台北國際視覺設　　　I　柯鴻圖　C　趙思慧　　I　柯鴻圖
　計展書籍設計金獎　　　AG　竹本堂文化事業(股)　AG　竹本堂文化事業(股)
　　　　　　　　　　　　CL　竹本堂文化事業(股)　CL　竹本堂文化事業(股)

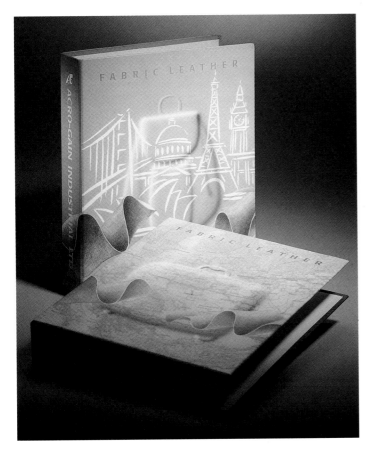

經泰實業布樣外夾設計
DT 1996.04
PL 樊哲賢 CD 樊哲賢
AD 樊哲賢
D 許長安、張季蓉
I 許長安、張季蓉
AG 紅方設計有限公司
CL 經泰實業股份有限公司

永豐美術紙樣
DT 1996
CD 柯鴻圖 AD 柯鴻圖
D 竹本堂設計小組
AG 竹本堂文化事業(股)
CL 永豐紙業股份有限公司

旭鈺企業喜博瑞紙樣
DT 1997.10
PL 陳正益 CD 陳正益
AD 陳正益 D 葉炳宏
AG 佰士佶有限公司
CL 旭鈺企業有限公司

"台灣省文化處"VI手冊
DT 1997.07
CD 洪瑞駿 D 林俊昌
AG 龍浩公關企劃顧問(股)
"CL 台灣省文化處"

敦榮實業紙樣封套
DT 1997.09
AD 周英弼 D 陳淑慧
AG 愉芳文化企業(股)
CL 敦榮實業有限公司

台灣平面設計協會第12期
會刊封面設計
DT 1997.04
CD 王炳南　D 陳一嵆
I　陳一嵆
AG 大觀視覺顧問（歐普）
CL 台灣平面設計協會
　・1997台北國際視覺設計展
　　書籍設計金獎

台灣美術設計協會第20期
設計界會刊
DT 1996.11
PL 楊宗魁　D 楊宗魁
AG 設計家文化事業公司
CL 台灣美術設計協會

大阪國際設計交流協會會刊
DT 1997.01
PL 李根在　CD 李根在
AD 李根在、吳仁評
D　李根在　　P　唐維駿
I　林隆達　CG 吳仁評
AG 李根在平面設計工作室
CL 大阪國際設計交流協會

・日本第七回大阪國際設計
　競賽入選
・1997台北國際視覺設計展
　書籍設計金獎
・1997 Top Star平面設計類
　優異獎

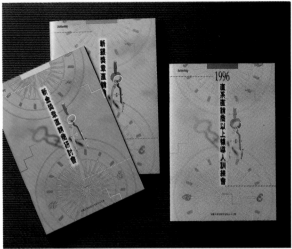

235

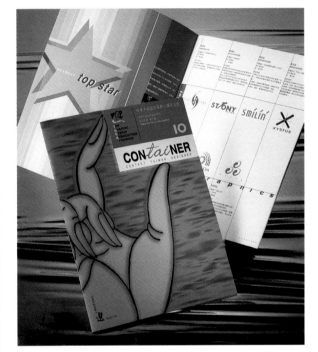

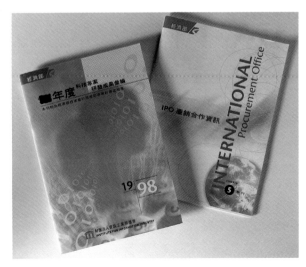

KCA NEWS封面設計
DT 1997.02
PL 林宏澤　AD 黃添貴
D 黃添貴　I 黃添貴
AG 靜體天心視覺設計公司
CL 高雄市廣告創意協會
• 1997台北國際視覺設計展
　書籍設計金獎

安麗直銷商訓練會手冊
DT 1996.07
CD 黃怡華　AD 黃蔚倫
D 黃蔚倫
AG 雙黃本店視覺設計
CL 安麗日用品(股)

台灣平面設計協會第10期會
刊封面設計
DT 1996.04
PL 郭蘭玉　CD 黃主偉
AD 黃主偉　D 黃主偉
I 張益明　C 郭蘭玉
AG 麗緻管理顧問（股）
CL 台灣平面設計協會

資策會刊物封面設計
DT 1997.10
PL 烏傳銘　CD 林文惠
AD 林文惠　D 林文惠
C 資策會、洪淑蓁
AG 德伸文化事業(股)

今周刊雜誌封面設計系列
DT 1996.11～1997.03
CD 池農深　　D 洪雪娥
AG 今周刊雜誌社
CL 今周刊雜誌社
• 1997台北國際視覺設計展
　書籍設計金獎

文訊雜誌封面設計
DT 1997
D 翁翁 I 翁翁
AG 不倒翁視覺創意工作室
CL 文訊雜誌社
• 1997台北國際視覺設計展
書籍設計金獎

1997印刷與設計雜誌雙月刊
封面設計
DT 1997.01～11
D 王士朝 I 楊宗魁
AG 印刷與設計雜誌社
CL 印刷與設計雜誌社

84

250

動畫影像多媒體雜誌第20
期封面設計
DT 1996.10
PL 張翠玲　C 鄒本嫻
CD 吳鼎武·瓦歷斯
AD 吳鼎武·瓦歷斯
D 吳鼎武·瓦歷斯
AG 黃番子CG工作室
CL 第三波文化事業(股)

250~251
台灣美術第34期、38期封面
DT 1996.10~1997.10
D 張恕
AG 台灣省立美術館
CL 台灣省立美術館

金門季刊封面設計系列
DT 1996
D 陳亦珍
AG 設計家文化事業公司
CL 金門縣立社會教育館

漢聲雜誌第73～76期長住台
灣封面、版面設計
DT 1995.01
PL 黃永松　CD 黃永松　　　漢聲雜誌大過年封面系列
AD 黃永松　　　　　　　　DT 1994.12～1997.09
D 陳鳳觀、羅敬智　　　　　PL 黃永松　CD 黃永松
　 錢威志、劉秉怡　　　　　AD 黃永松
P 黃永松、游文章　　　　　D 羅敬智、何麗兒
AG 漢聲雜誌社　　　　　　AG 漢聲雜誌社
CL 漢聲雜誌社　　　　　　CL 漢聲雜誌社

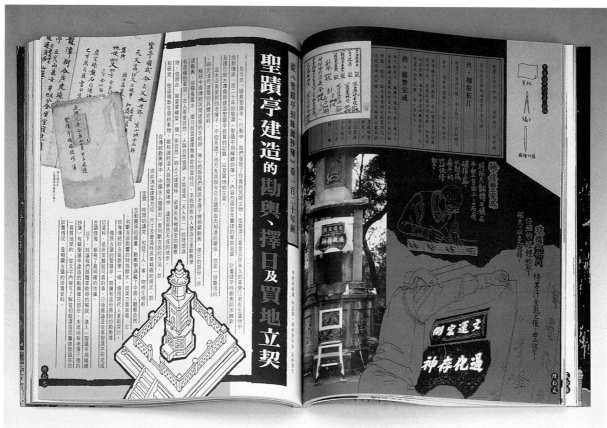

漢聲雜誌第78期搶救龍潭聖
蹟亭封面、版面設計
DT　1995.06
PL　黃永松　CD　黃永松
AD　黃永松　　D　羅敬智
P　黃永松、錢威志
I　陳鳳觀、高華
　　高鵬翔、鄭興宗
AG　漢聲雜誌社
CL　漢聲雜誌社

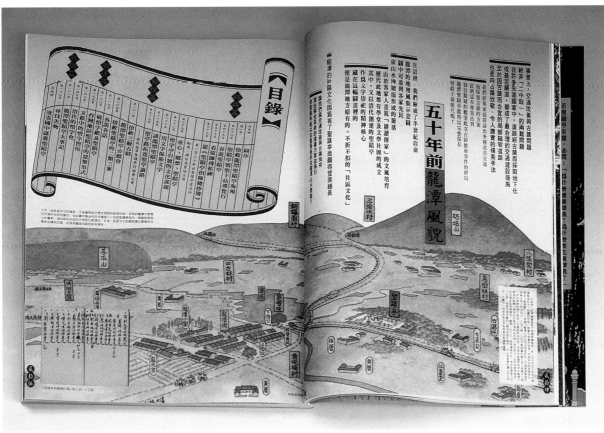

漢聲雜誌第81～83期失傳母
親藝術系列封面、版面設計
DT　1995.09
PL　黃永松　CD　黃永松
AD　黃永松　　D　羅敬智
AG　漢聲雜誌社
CL　漢聲雜誌社

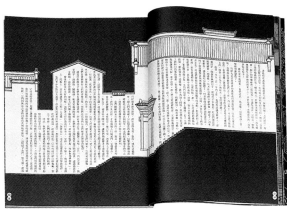
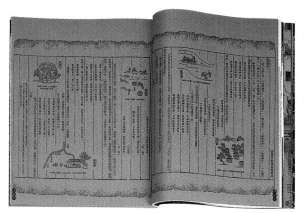

漢聲雜誌第85～86期諸葛村
鄉土建築封面、版面設計
DT 1996.01
PL 黃永松 CD 黃永松
AD 黃永松
D 曾明誠、陳秀美
AG 漢聲雜誌社
CL 漢聲雜誌社

漢聲雜誌第87～88期美哉漢　漢聲雜誌吉祥百圖＆中國門
字封面設計　　　　　　　神封面、版面設計系列
DT　1996.03　　　　　　　DT　1996.05～1997.02
PL　黃永松　CD　黃永松　　PL　黃永松　CD　黃永松
AD　黃永松　　D　羅敬智　　AD　黃永松　　D　張思惟
AG　漢聲雜誌社　　　　　　AG　漢聲雜誌社
CL　漢聲雜誌社　　　　　　CL　漢聲雜誌社

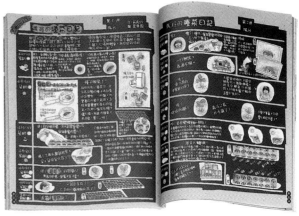

漢聲雜誌第91～92期有機蔬
菜＆自然農耕封面版面設計　　P　黃永松、姚孟嘉、顏霖沼
DT　1996.07　　　　　　　　　I　姚孟嘉、萬華國
PL　黃永松　CD　黃永松　　　　　謝文瑰、高華
AD　黃永松　　　　　　　　　AG　漢聲雜誌社
D　　羅敬智、陳鳳觀、張思惟　　CL　漢聲雜誌社

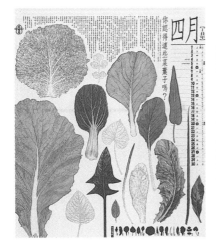

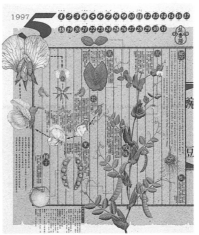

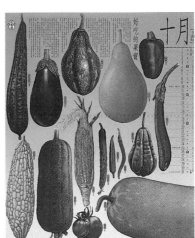

漢聲雜誌第94期蔬香譜月曆
版面設計
DT 1996.10
PL 黃永松 CD 黃永松
AD 黃永松 D 陳鳳觀
P 黃永松、顏霖沼、張思惟
AG 漢聲雜誌社
CL 漢聲雜誌社

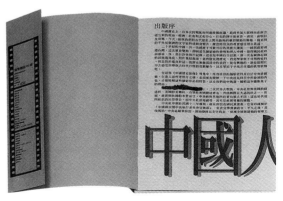

漢聲雜誌第96～97期中國歷
史影像封面、版面設計
DT　1996.12
PL　黃永松　CD　黃永松
AD　黃永松
D　羅敏智、張思惟
AG　漢聲雜誌社
CL　漢聲雜誌社

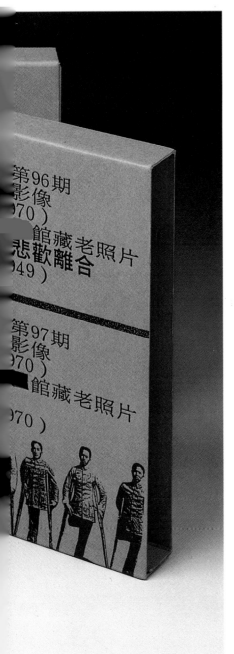

漢聲雜誌第105～106期台灣
老地圖封面、版面設計
DT　1997.09
PL　黃永松　CD　黃永松
AD　黃永松
D　曾明誠、陳秀美
AG　漢聲雜誌社
CL　漢聲雜誌社

漢聲雜誌第101～102期封面
DT　1997.05
PL　黃永松　CD　黃永松
AD　黃永松　D　羅敬智
AG　漢聲雜誌社
CL　漢聲雜誌社

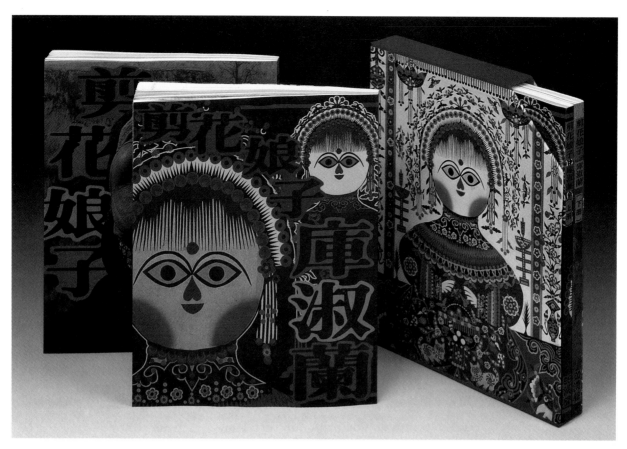

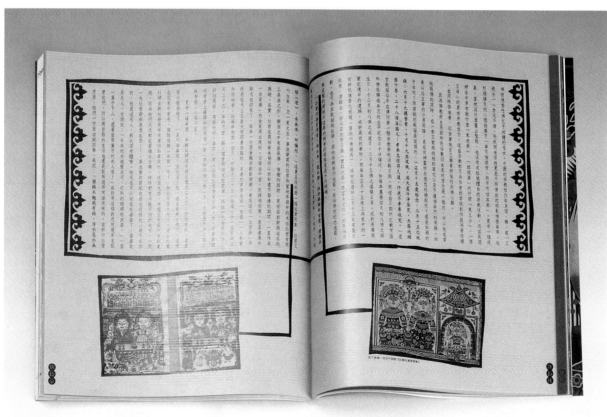

漢聲雜誌第99～100期剪花
娘子庫淑蘭封面、版面設計
DT　1997.03
PL　黃永松　CD　黃永松
AD　黃永松
D　　曾明誠、陳秀美
P　　黃永松、姚孟嘉、何一平
I　　曾明誠、高鵬翔
AG　漢聲雜誌社
CL　漢聲雜誌社

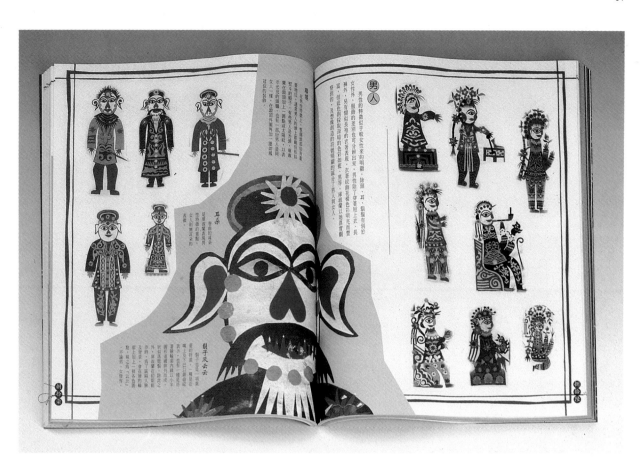

型錄 卡片　Catalogs　Cards

竹本堂公司簡介
DT 1996
CD 柯鴻圖 AD 柯鴻圖
D 趙思慧   C 趙思慧
AG 竹本堂文化事業(股)
CL 竹本堂文化事業(股)
• 1997台北國際視覺設計展
  書籍設計金獎

DT 1997
CD 柯鴻圖 AD 柯鴻圖
D 柯鴻圖
AG 竹本堂文化事業（股）

明碁電腦公司簡介
DT 1997.03
PL 張子芸　CD 陳國珖
AD 陳國珖　　D 熊藝蘋
P　河馬攝影　C 張子芸
AG 綜恆企業管理顧問公司
CL 明碁電腦股份有限公司

宏碁集團簡介
DT 1997.06
PL Peter Grose、陳國珖　　P　Australian Business
　　張子芸　　　　　　　　　　Theater
CD Peter Lewry　　　　　C　Australian Business
AD Peter Lewry　　　　　　　Theater
D　Australian Business　　AG 綜恆企業管理顧問公司
　　Theater　　　　　　　　CL 宏碁集團

恆成紙業聖紙簡介
DT 1996.08
PL 程湘如　D 程湘如　　・1997台北國際視覺設計展
P 李子建　C 程湘如　　　型錄創作金獎
AG 寒舍創意顧問(頑石)　・1997　　　設計月／優良平
CL 恆成貿易股份有限公司　　面設計獎
　・1996 Top Star平面設計類　・1997突破雜誌行銷突破創
　　金獎　　　　　　　　　　意獎最佳產品目錄獎

台灣的花卉簡介
DT 1996.02
PL 程湘如　CD 程湘如
AD 程湘如　　P 李子建
D 程湘如、吳姿瑤
AG 寒舍創意顧問(頑石)
CL 台灣區花卉輸出業公會

統一綜合證券簡介　　　　•1995　設計月／優　上海商銀80周年慶簡介　　•1995 Top Star平面設計類
DT 1995.09　　　　　　　　良平面設計獎　　　　DT 1995　　　　　　　　優異獎
PL 程湘如　　D 程湘如　　•1996 Top Star平面設　　PL 程湘如　　D 程湘如　　•1995　設計月／優良平
P　李子建　　C　盧滿玲　　計類優異獎　　　　　　P　李子建　　　　　　　面設計獎
AG 寒舍視覺顧問(頑石)　　•1997突破雜誌行銷突　　AG 寒舍視覺顧問(頑石)　　•1997突破雜誌行銷突破創
CL 統一綜合證券(股)　　　破創意獎第一名　　　　CL 上海商業儲蓄銀行　　　意獎最佳簡介獎

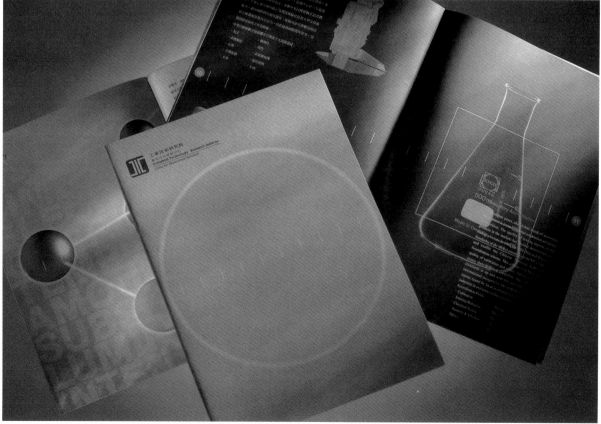

中華徵信所簡介　　　　　　　　　　　　工研院量測中心簡介
DT 1997　　　　　　　　　　　　　　　　DT 1997
PL 黃主偉　CD 黃主偉　　　　　　　　　 PL 黃主偉　　D 黃主偉
AD 黃主偉　　D 陳淑瑩　・1997台北國際視覺設計展　P 李子建　　I 賴美君
P 李子建　　C 林如鈴　　型錄創作金獎　　　C 林如鈴
AG 麗緻管理顧問(股)　　・1997 Top Star平面設計類　AG 麗緻管理顧問(股)
CL 中華徵信企業(股)　　　鋼獎　　　　　　CL 工業技術研究院

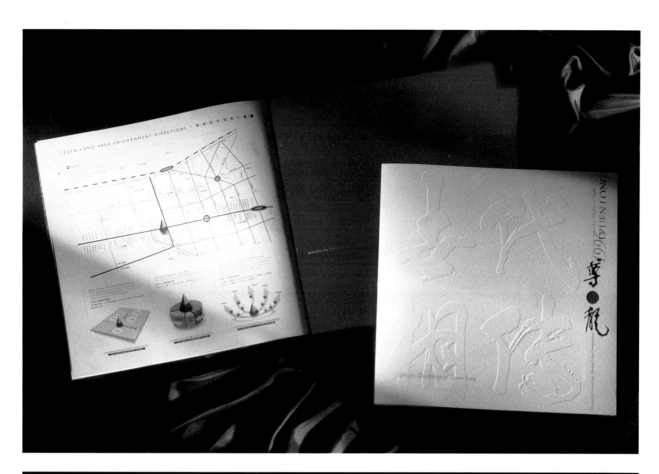

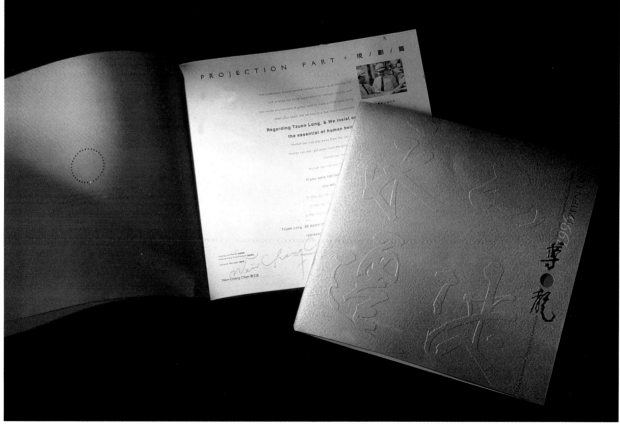

皇龍建設尊龍銷售簡介系列
DT 1996
D 黃連春
AG 天子廣告形象策略公司
CL 皇龍建設公司
• 1997台北國際視覺設計展
型錄創作金獎

• 1997 設計月／優良平
面設計獎
• 高雄市第二屆創意之星設
計獎傳單DM類優選

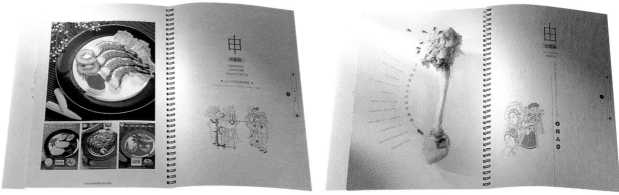

春耕廣告公司簡介
DT 1997.07
PL 藍傳真   CD 藍傳真
AD 蔡有財   D 蔡有財
I   蔡有財   C 藍傳真
AG 春耕廣告有限公司
CL 春耕廣告有限公司
• 1997台北國際視覺設計展
  型錄創作金獎

JETOX車架產品型錄　　　　JETOX高爾夫球產品型錄
DT　1996.02　　　　　　　　DT　1997.10
PL　藍傳真　CD　藍傳真　　　PL　藍傳真　CD　藍傳真
AD　蔡有財　D　蔡有財　　　AD　郭家妙　D　郭家妙
I　王乙成　　C　錦祥產業　　I　郭家妙　　C　藍傳真
AG　春耕廣告有限公司　　　　AG　春耕廣告有限公司
CL　錦祥產業股份有限公司　　CL　錦祥產業股份有限公司

富邦個人理財中心簡介　　　　紳格室內設計公司簡介
DT 1995　　　　　　　　　　DT 1997.04
CD 唐偉恆　AD 林莉萍　　　 PL 陳昭明　CD 陳昭明
D 林莉萍　P 褚志銘　　　　　AD 陳靜妙　D 陳靜妙
AG 聯廣股份有限公司　　　　 C 陳昭明
CL 富邦商業銀行(股)　　　　　AG 愛商廣告事業有限公司
　　　　　　　　　　　　　　CL 紳格室內設計公司

中國信託Wofe卡會員手冊
DT 1995
CD 常叔彥　AD 邱顯能　　旭鈺企業紙樣型錄
D 邱顯能　　　　　　　　DT 1996.08
AG 聯廣股份有限公司　　AD 陳敏宏
CL 中國信託商業銀行(股)　I 陳樂真、陳應龍
• 1997台北國際視覺設計展　AG 聯廣股份有限公司
型錄創作金獎　　　　　　CL 旭鈺企業有限公司

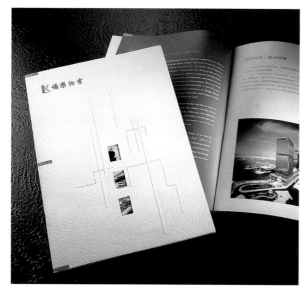

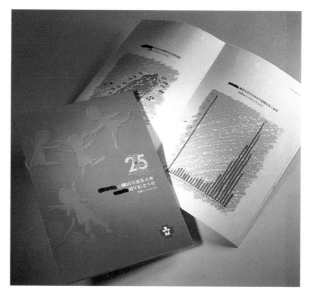

307

僑樂物業公司簡介
DT 1995.08
CD 黃威騰　　D 楊瑞芳
P 劉展中
AG 奧美視覺管理顧問(股)
CL 僑樂物業公司

心臟病兒童基金會25週年紀
念手冊
DT 1996.06
PL 歐玫瑛　CD 林峰奇
D 呂玉嬌
AG 奧美視覺管理顧問(股)
CL 心臟病兒童基金會

起瓦士1801酒品發表DM
DT 1996.02
PL 黃森美、洪小玲
CD 林峰奇　AD 林峰奇
D 林峰奇
AG 奧美視覺管理顧問(股)
CL 詩格蘭志亞公司

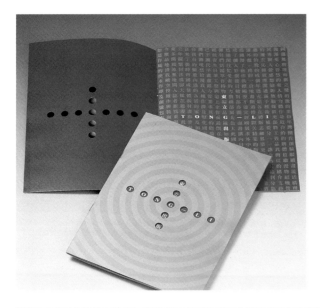

碧蔻姿奧綠海洋植物簡介
DT 1996.02
PL 艾爾蓓麗企劃部
CD 王正欽 AD 王正欽
D 王正欽 P 湯士彥
I 王正欽 C 周羽雯
AG 柏齡設計有限公司
CL 艾爾蓓麗公司

翠珀香醍精油簡介
DT 1995.08
CD 王正欽 D 王正欽
AG 柏齡設計有限公司
CL 京阜遠東股份有限公司
• 1995台北國際視覺設計展
　簡介創作金獎

東立出版公司簡介
DT 1998.01
D 楊啓巽
AG 楊啓巽設計工作室
CL 東立出版社有限公司

民享公司產品型錄
DT 1996.12
PL 烏傳銘　CD 嚴干里
AD 嚴干里　D 嚴干里
P 李源泉
AG 德伸文化事業(股)
CL 民享公司

• 1997台北國際視覺設計展
　型錄創作金獎

外貿協會經貿訪問團手冊
DT 1996～1997
PL 烏傳銘　CD 嚴干里
AD 張明萱
D 嚴干里、張明萱
AG 德伸文化事業(股)

錸德科技產品型錄　　　　科技研究發展專案簡介
DT　1997.04　　　　　　DT　1997.07
PL　李敏雲　CD　王明珠　　PL　許玉員　CD　樊哲賢
AD　王明珠　D　王明珠　　AD　樊哲賢　I　許長安
P　林水興　　　　　　　　D　許長安、李珮玉
AG　邁思設計顧問有限公司　AG　紅方設計有限公司
CL　錸德科技股份有限公司　CL　台灣經濟研究院

誠信科技公司簡介　　　華奧博岩公司簡介
DT　1996　　　　　　　DT　1997.08
CD　姚各盛　　D　黃嘉一　　CD　姚各盛　　D　姚各盛
AG　華奧博岩廣告企劃公司　　AG　華奧博岩廣告企劃公司
CL　誠信科技公司　　　　　CL　華奧博岩廣告企劃公司

翰邑視覺創意公司簡介　　拓漢公司簡介
DT　1998.03　　　　　　DT　1998.03
CD　劉家珍　AD　劉家珍　CD　劉家珍　AD　劉家珍
D　　劉家珍　　　　　　D　　陳枝強
AG　翰邑視覺創意有限公司　AG　翰邑視覺創意有限公司
CL　翰邑視覺創意有限公司　CL　拓漢股份有限公司

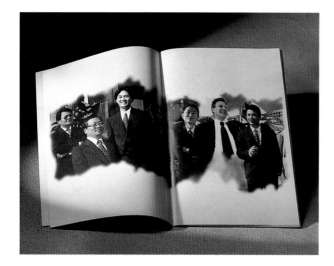

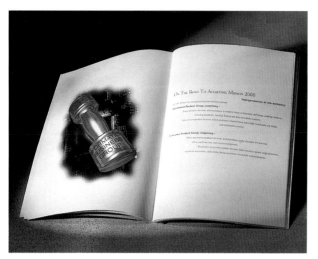

致伸企業簡介
DT 1996
CD 蔡慧貞　AD 蔡慧貞
D 王佩蓉、張秋惠　　AG 傑廣創意廣告有限公司
P 邱春雄　CG 莫庸　　CL 致伸企業股份有限公司
C Alison Osbone、Dean　•1997台北國際視覺設計展
　　Scoile　　　　　　　型錄創作金獎

和泰企業英文簡介
DT 1996
CD 蔡慧貞 AD 蔡慧貞
D 王佩蓉 P 邱春雄
C Alison Osbone
AG 傑廣創意廣告有限公司
CL 和泰企業股份有限公司

依莎貝爾住宅說明書
DT 1997.05
PL 陳炳宏　CD 陳炳宏
AD 曾彥俊　D 曾彥俊
C 鄭玉崢
AG 愛狄別克廣告行銷公司
CL 威致鋼鐵公司
• 高雄市第二屆創意之星設
計獎書籍裝幀類金獎

合宇公司產品型錄資料夾
DT 1996.09
PL 陳建龍　D 陳建龍
P 郭瑞慶　C 陳長佚
AG 蒙太奇廣告攝影設計
CL 合宇實業股份有限公司

台中市廣告經營者協會簡介
DT 1996.12
PL 王盈發、許秀如
PL 王盈發　AD 郭中元
D 郭中元　P 王健隆
I 林益傑　C 許秀如
AG 美可特廣告企劃公司
CL 台中市綜合廣告經營者
協會

遠企購物中心禮品精選集
DT 1996.11
PL 褚明仁　AD 張鈴悅
D 張鈴悅　P 劉展中
AG 雙影廣告有限公司
CL 遠企購物中心

躍登電子公司簡介
DT 1997.03
PL 筑苡爾　CD 簡正宗
AD 蔡武璋　D 蔡武璋
AG 金家設計企業有限公司
CL 躍登電子股份有限公司

本盟紡織公司簡介
DT 1996.10
PL 許惠君　CD 簡正宗
AD 胡昌偉
D 胡昌偉、廖惠真
P 李碁攝影
AG 金家設計企業有限公司
CL 本盟紡織股份有限公司

麗景大酒店酒單　　　　博士倫1997合約書＆證書　　文奐租賃公司簡介　　　永靖工業公司產品色樣本
DT 1995.11　　　　　　DT 1997　　　　　　　DT 1996.12　　　　　　DT 1997
PL 顏仲裕　CD 顏仲裕　CD 周慧敏　AD 周懷魯　PL 仇新鈞　CD 陳清文　PL 俞佩君　AD 俞逸萍
AD 顏仲裕　D 劉湘君　D 賴孟琪　　　　　　AD 陳清文　D 陳冠丞　D 俞逸萍
AG 世紀創意廣告公司　AG 大維凱思特國際公司　AG 福康形象設計有限公司　AG 多圓化廣告設計公司
CL 麗景大酒店　　　　CL 博士倫股份有限公司　CL 文奐租賃股份有限公司　CL 永靖工業公司

銳奇廣告公司簡介　　　　　浪漫一生婚紗簡介
DT 1995.07　　　　　　　　DT 1997.06
PL 林隆平　D 林隆平　　　PL 陳俊良　D 陳俊良
P 汪大鈞　I 林隆平　　　　P 優邑攝影　C 陳俊良
C 林隆平、汪大鈞、王威中　AG 自由落體設計(股)
AG 銳奇廣告事業有限公司　CL 浪漫一生婚紗攝影公司
CL 銳奇廣告事業有限公司

SAMPO, a frontrunner in the computer information age race

far left: Color Scanner
left: Multimedia Color Monitor

The 21st century lifestyle means that more advanced technology is required to keep up with every day life in the fast lane; thus at the close of the 20th century, consumers are rapidly moving beyond the limitations of 1-C home appliances to purchase the new fully integrated 3-C home appliance products for their family home centers.

SAMPO will use its expertise and experience to develop this new science and technology home appliance field. SAMPO also will deploy its high quality and intensive sales channels to sell computers and other information-related products. Furthermore, SAMPO recently crossed over into information channels when it merged with RunComp International Corporation; now SAMPO is investing RunComp information channels and technology into SAMPO's affiliated companies. For example, Sampo Technology Corporation is selling products successfully to the global market under its own brand name, and rapidly becoming the new rising star in the SAMPO Group. SAMPO aims to be the top Chinese brand name in the global 3-C market of the 21st century.

13

聲寶股份有限公司年報
DT　1997.09
PL　李瑞琦　CD　劉福祥
AD　劉福祥　D　劉福祥
P　呂錦華
AG　聯翔國際股份有限公司
CL　聲寶股份有限公司
• 1997台北國際視覺設計展
　型錄創作金獎

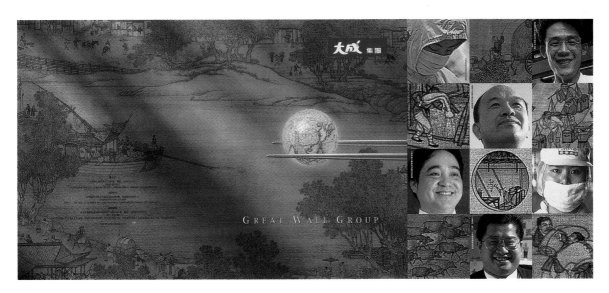

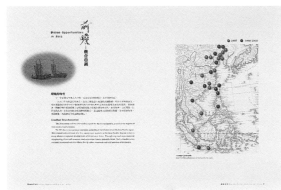

大成集團簡介
DT 1997.11
CD 陳文育　D 陳文育
P　張致文、林茂貴、林健毓
AG 漢光文化事業(股)
CL 大成集團
• 1997台北國際視覺設計展
　型錄創作金獎

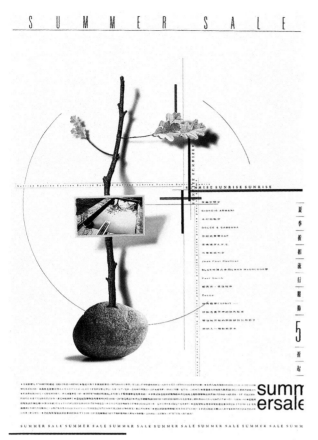

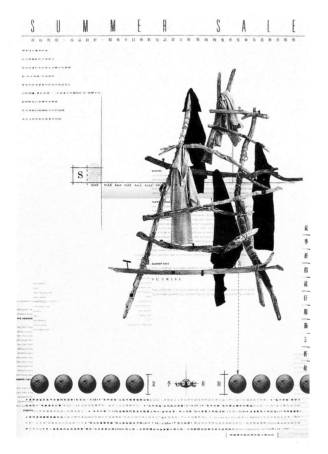

中興百貨夏季折扣DM
DT 1996.12
PL 中興百貨企劃小組
AD 林建宏　　D 林建宏
C 宋國臣
AG 中興百貨公司
CL 中興百貨公司
• 1997台北國際視覺設計展
　型錄創作金獎

REQULARITY
正方形規律
PERSONALITY
ROUND 圆形敏感
REQULARITY ROUND

FANTASY
圆形意境
ROUND
INSISTENCE
SQUARE 正方形堅持
INSISTENCE SQUAREINSISTENCE

INDEPENDEN
REGULARITY
INDEPENDENCE 長方形自主
RECTANGL

LINETASTELINE
LINE
RECTANGLE 三角形線條
RECTANGLE

中興百貨春裝流行畫報
DT 1995.03
PL 中興百貨企劃小組
CD 林建宏 AD 林建宏
P 曾凌浩
AG 中興百貨公司
CL 中興百貨公司

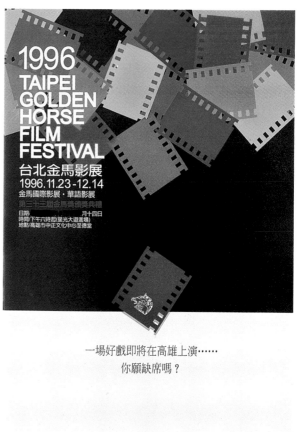

宏碁電腦顯示器簡介   慶展貿易兒童沙畫型錄   FAI科技公司電腦插頭型錄   第33屆台北金馬影展文宣
DT 1996   DT 1996.02   DT 1997.10   DT 1996.10
CD 吳東勝 AD 鄭莉菁   CD 李宜玟 AD 李宜玟   PL 黎瑞惠 AD 曾芳榮   PL 詹金翰 CD 詹金翰
D 鄭莉菁 I 吳東勝   D 李宜玟 P 鄭登城   D 黎瑞惠 P 曾芳榮   D 詹金翰 C 詹金翰
AG 藝士廣告設計攝影公司   AG 翰堂廣告事業有限公司   AG 聯集廣告事業(股)   AG 互動廣告有限公司
CL 宏碁電腦股份有限公司   CL 慶展貿易股份有限公司   CL FAI科技公司   CL 金馬獎執行委員會

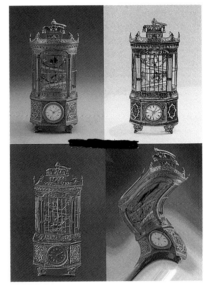

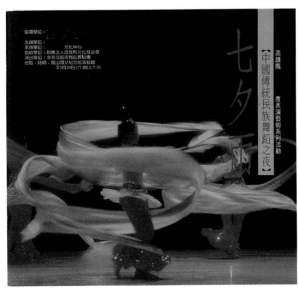

旺宏電子公司簡介
DT 1997.03
PL 李玉美　D 周西環
C 李玉美
AG 摩奇創意公司
CL 旺宏電子股份有限公司

故宮百品簡介
DT 1997.08
CD 黃振華　D 黃振華
AG 計華工作室有限公司

高雄縣表演藝術活動簡介
DT 1995.05
CD 詹金翰　D 詹金翰
P 詹金翰
AG 互動廣告有限公司
CL 李燕萍藝術舞蹈實驗團

老張担担麵菜單
DT 1997.04
CD 黃振華　D 黃振華
AG 計華工作室有限公司
CL 老張担担麵

LITEON

Multimedia Line
15"/17" Monitor ▶

. Size: 15"/17"
. 0.28mm dot pitch
. 1024 x 768 Max. Non-Interlaced Resolution
. User Friendly Digital Controls
. Build-in Speaker/ Microphone
. Headphone Jack
. Universal Power Supply
. Power Management Compliant
. Plug & Play
. MPRII Certified

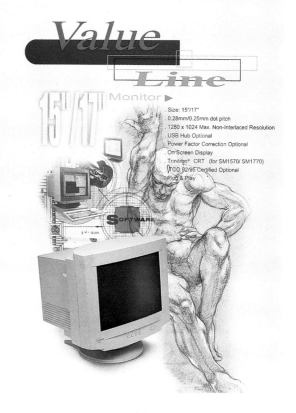

Value Line
15"/17" Monitor ▶

. Size: 15"/17"
. 0.28mm/0.25mm dot pitch
. 1280 x 1024 Max. Non-Interlaced Resolution
. USB Hub Optional
. Power Factor Correction Optional
. On Screen Display
. Trinitron® CRT (for SM1570/ SM1770)
. TCO 92/95 Certified Optional
. Plug & Play

LITEON

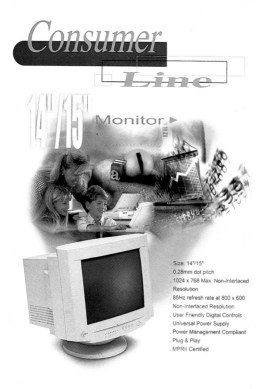

Consumer Line
14"/15" Monitor ▶

. Size: 14"/15"
. 0.28mm dot pitch
. 1024 x 768 Max. Non-Interlaced Resolution
. 85Hz refresh rate at 800 x 600 Non-Interlaced Resolution
. User Friendly Digital Controls
. Universal Power Supply
. Power Management Compliant
. Plug & Play
. MPRII Certified

LITEON

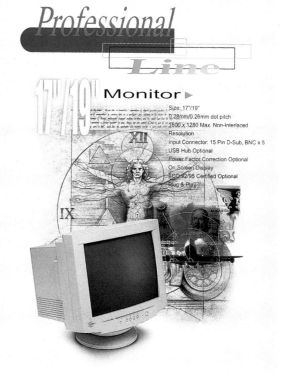

Professional Line
17"/19" Monitor ▶

. Size: 17"/19"
. 0.28mm/0.26mm dot pitch
. 1600 x 1280 Max. Non-Interlaced Resolution
. Input Connector: 15 Pin D-Sub, BNC x 5
. USB Hub Optional
. Power Factor Correction Optional
. On Screen Display
. TCO 92/95 Certified Optional
. Plug & Play

源興科技顯示器簡介系列
DT 1997.05
AD 陳進東　D 陳進東
AG 麥傑廣告有限公司
CL 源興科技股份有限公司

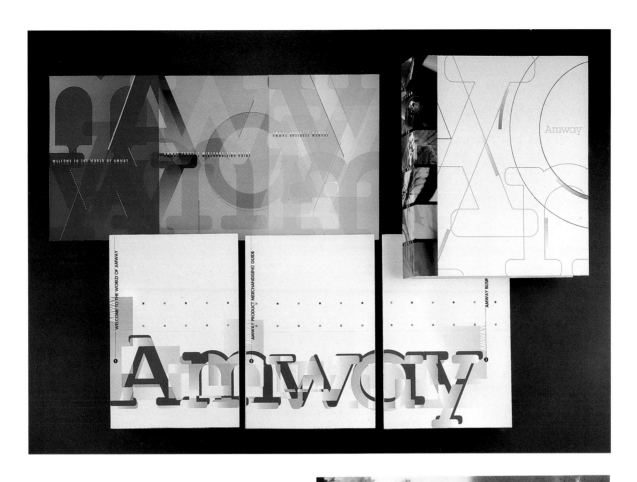

安麗公司產品簡介系列
DT 1997
CD 吳東勝 AD 吳東勝
D 鄭莉菁 I 吳東勝
AG 藝土廣告設計攝影公司
CL 安麗日用品(股)
• 1997台北國際視覺設計展
  型錄創作金獎

凱博筆記型電腦型錄
DT 1997.05
PL 江秀玲、余如芬
CD 江秀玲 AD 江秀玲
D 江彥賢 P 林慶珍
I 江彥賢 C 余如芬
AG 江泰馨設計有限公司
CL 凱博電腦公司

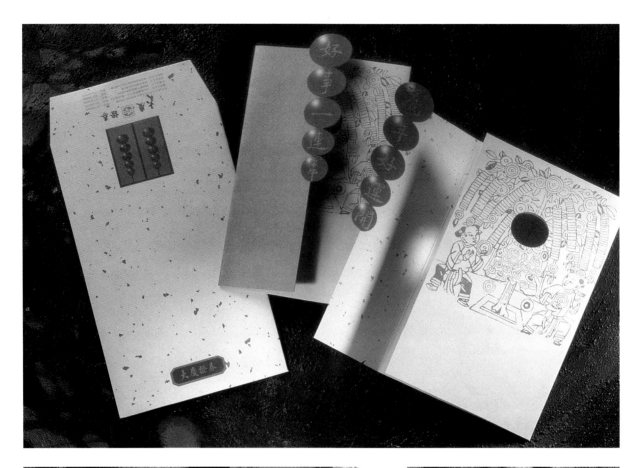

大慶證券公司糖葫蘆賀年卡
DT 1995.11
PL 程湘如　　D 程湘如
AG 寒舍創意顧問(頑石)　　頑石設計公司虎年福祿賀卡
CL 大慶證券公司　　　　　DT 1997.11
• 1995 Top Star平面設計類　　PL 程湘如　　D 程湘如
　金獎　　　　　　　　　　I　徐櫻玲
• 1997台北國際視覺設計展　　AG 寒舍創意顧問(頑石)
　卡片創作金獎　　　　　　CL 寒舍創意顧問(頑石)

和信傳播公司鼠年賀卡
DT 1995.12
AD 邱顯能　D 邱顯能　　和信傳播公司牛年賀卡
AG 聯廣股份有限公司　　DT 1996.12
CL 和信傳播事業(股)　　AD 邱顯能　D 邱顯能
　• 1997台北國際視覺設計展　AG 聯廣股份有限公司
　　卡片創作金獎　　CL 和信傳播事業(股)

劉家珍、呂瑞慧結婚喜帖
DT 1996.10
CD 劉家珍　D 劉家珍
C　劉家珍
表演工作坊賀年卡　　　　　AG 翰邑視覺創意有限公司
DT 1995.11　　　　　　　　CL 劉家珍
CD 劉家珍　D 劉家珍
AG 翰邑視覺創意有限公司　• 1997台北國際視覺設計展
CL 表演工作坊　　　　　　　　卡片創作金獎

靜體天心設計公司鼠年賀卡　　靜體天心設計公司牛年賀卡
DT　1995.12　　　　　　　　　DT　1996.12
AD　黃添貴　　D　黃添貴　　　PL　黃添貴　　D　黃添貴
AG　靜體天心視覺設計公司　　　AG　靜體天心視覺設計公司
CL　靜體天心視覺設計公司　　　CL　靜體天心視覺設計公司
• 1996世界華人平面設計大　　 • 高雄市第一屆創意之星設
　賽優選　　　　　　　　　　　　計獎卡片類金獎

383

麗緻管理顧問公司牛年賀卡
DT 1996.12
CD 黃主偉　D 黃主偉
AG 麗緻管理顧問(股)
CL 麗緻管理顧問(股)
• 1997 Top Star平面設計類
　銅獎

台南視覺設計聯誼會第一屆
尾牙邀請卡
DT 1995.11
D 黃連春
AG 天子廣告形象策略公司
CL 台南視覺設計聯誼會

台南視覺設計聯誼會第二屆
尾牙邀請卡
DT 1996.11
D 黃連春
AG 天子廣告形象策略公司
CL 台南視覺設計聯誼會

雙向溝通公司賀年卡
DT 1995.11
PL 劉致堯　CD 李翠玲
AD 李翠玲　D 李翠玲
P 李幸珠
AG 宣美堂視覺設計公司
CL 雙向溝通股份有限公司
• 1997台北國際視覺設計展
　卡片創作金獎

意博恩騰廣告公司牛年賀卡
DT 1996.10
CD 巫永堅　AD 巫永堅
D 巫永堅　C 巫永堅
AG 意博恩騰廣告有限公司
CL 意博恩騰廣告有限公司
• 1997台北國際視覺設計展
　卡片創作金獎

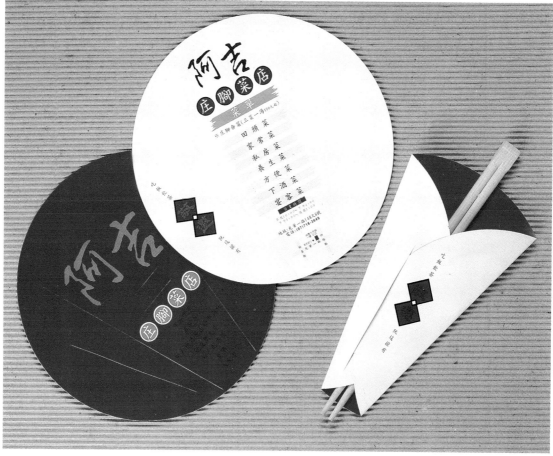

阿吉庄腳菜店請柬
DT 1996
D 林水旺
AG 亞東商標設計事務所
CL 品味生活餐飲店
• 高雄市第一屆創意之星設
　計獎卡片類金獎
• 1997台北國際視覺設計展
　卡片創作金獎

林磐聳CI十年展邀請卡
DT 1995.03
CD 林磐聳　　D 林磐聳
AG 林磐聳
CL 林磐聳

禾順彩色製版公司遷移卡
DT 1995.03
PL 林國慶 CD 林國慶
AD 林國慶 D 黃意晴
P 干琦攝影
AG 我在形象設計公司
CL 禾順彩色製版有限公司
• 1997台北國際視覺設計展
卡片創作金獎

翰堂廣告公司賀年卡
DT 1995.12
CD 林宏澤 D 林宏澤
I 林宏澤 P 鄭登城
AG 翰堂廣告事業有限公司
CL 翰堂廣告事業有限公司
• 1996世界華人平面設計大
賽優秀獎

138

393

迪士尼Pooh品牌介紹邀請卡　　準星公司三層紙雕萬用賀卡　　首席廣告公司賀年卡　　　　　大來中國美食夏宴邀請卡
DT 1997.02　　　　　　　　DT 1996　　　　　　　　DT 1995.01　　　　　　　DT 1996
AD 張鈴悅　D 許嘉惠　　　PL 黃麗玲　D 黃麗玲　　PL 唐晞宇　CD 鄭英良　　CD 周慧敏　AD 周慧敏
AG 雙影廣告有限公司　　　AG 黃麗玲工作室　　　　D 鄭英良　　　　　　　D 周懷魯
CL 台灣華特迪士尼公司　　CL 準星卡片公司　　　　AG 首席廣告有限公司　　AG 大維凱思特國際公司
　　　　　　　　　　　　　　　　　　　　　　　　CL 首席廣告有限公司　　CL 花旗銀行
　　　　　　　　　　　　　　　　　　　　　　　　　　　　　　　　　　　•1997台北國際視覺設計展
　　　　　　　　　　　　　　　　　　　　　　　　　　　　　　　　　　　　卡片創作金獎

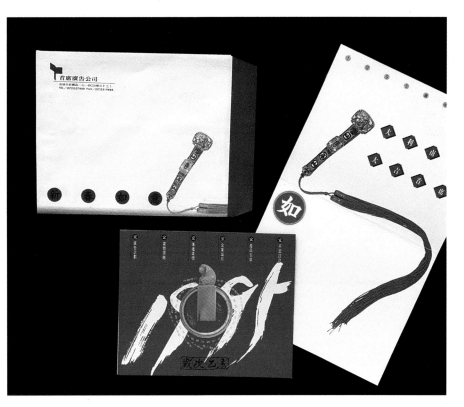

九谷燒陶藝館邀請卡
DT 1995
PL 張士勇　D 張士勇
AG 集紅堂廣告有限公司
CL 九谷燒陶藝館

劉厚璞、陳曉穎結婚喜帖
DT 1997.07
PL 陳曉穎　CD 陳曉穎
AD 周聖超　D 周聖超
I 朱茂琳　C 林純君
AG 台灣三R創意行銷策略
CL 陳曉穎

美可特廣告企劃牛年賀年卡
DT 1997.01
PL 王盈發、郭中元
CD 王盈發　AD 郭中元
D 郭中元
C 許秀如、郭中元
AG 美可特廣告企劃公司
CL 美可特廣告企劃公司

陳富寶、張慶瑜結婚喜帖
DT 1997.10
CD 章琦玫　D 章琦玫
AG 檸檬黃設計有限公司
CL 陳富寶
• 1997 Top Star平面設計類
　優異獎

阿宗工作室新年賀卡
DT 1996.12
AG 阿宗視覺設計
CL 阿宗工作室

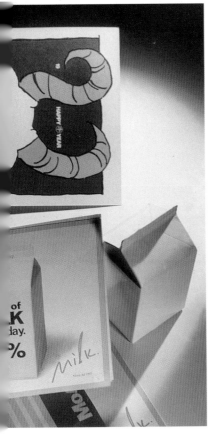

迪斯奈餐廳聖誕餐券
DT 1995.11
PL 黃俊仁 CD 郭瑞慶　　吳勝良結婚喜帖
D 黃俊仁 P 郭瑞慶　　DT 1995.05
AG 蒙太奇廣告攝影設計　CD 王炳南 D 王炳南
CL 迪斯奈庭韻餐廳　　　I 王炳南 C 吳勝良
• 高雄市第二屆創意之星設　AG 大觀視覺顧問(歐普)
計獎傳單DM類優選獎　　CL 吳勝良

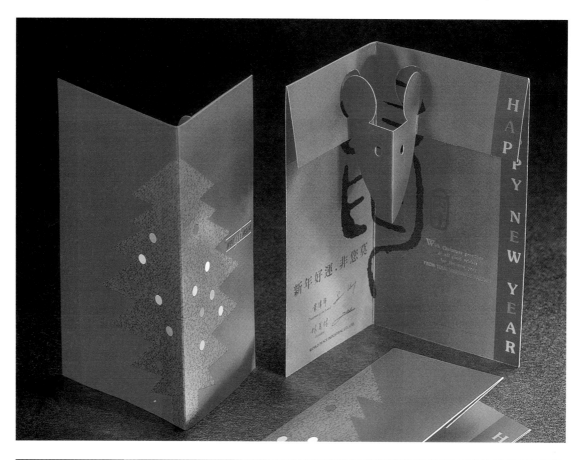

世平興業公司鼠年賀年卡　　智慧財廣告企劃公司賀年卡
DT　1995.10　　　　　　　　DT　1997.11
CD　陳立君　　D　陳立君　　PL　李錦姿　CD　江培村
I　　陳立君　　　　　　　　　AD　江培村
AG　意思設計工作坊　　　　　D　　王瓊慧、林昭昇
CL　世平興業股份有限公司　　I　　張素慧　　C　李錦姿
　•1997台北國際視覺設計展　AG　智慧財廣告企劃公司
　　卡片創作金獎　　　　　　CL　智慧財廣告企劃公司

姚家明結婚喜帖
DT 1997.10
PL 陳俊良　　D 陳俊良　　大維凱思特1997賀年卡
C 姚家明　　　　　　　　DT 1997.01
AG 自由落體設計(股)　　CD 周慧敏　AD 周慧敏
CL 姚家明　　　　　　　　D 周懷魯
• 1997台北國際視覺設計展　AG 大維凱思特國際公司
　卡片創作金獎　　　　　CL 大維凱思特國際公司

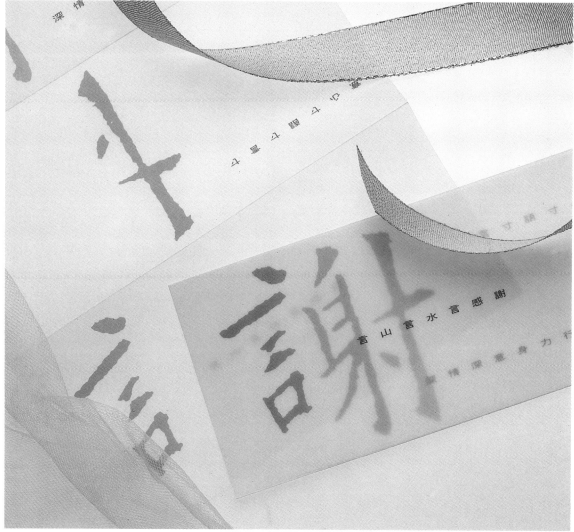

台經院20週年慶邀請卡　　謝豐懋私人謝卡
DT　1996　　　　　　　DT　1996
PL　樊哲賢　CD　樊哲賢　　AD　林隆平　　D　林隆平
AD　樊哲賢　　D　張家瑞　　AG　銳奇廣告事業有限公司
P　曹以松　　　　　　　　CL　謝豐懋
AG　紅方設計有限公司　　　• 1997台北國際視覺設計展
CL　台灣經濟研究院　　　　　卡片創作金獎

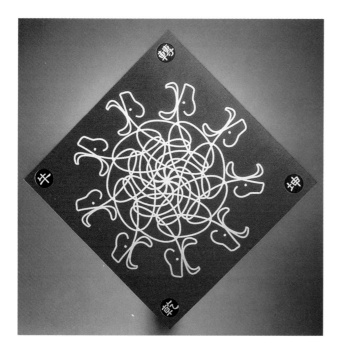

紅方設計牛轉乾坤新年賀卡
DT 1996.12
PL 樊哲賢　CD 樊哲賢
AD 樊哲賢　D 張季蓉
I 樊哲賢
AG 紅方設計有限公司
CL 紅方設計有限公司

邦史都華蘇格蘭威士忌請柬
DT 1996
CD 周慧敏　AD 周慧敏
D 周懷魯
AG 大維凱思特國際公司
CL 英商邦史都華(股)

謝明昌結婚請柬
DT 1996.09
CD 劉家珍　D 劉家珍
AG 翰邑視覺創意有限公司
CL 表演工作坊謝明昌

鼠年生肖參觀卡
DT 1995.11
PL 台灣郵政博物館
CD 胡澤民　AD 胡澤民
D 胡澤民　I 胡澤民
AG 輔仁大學織品服裝系所

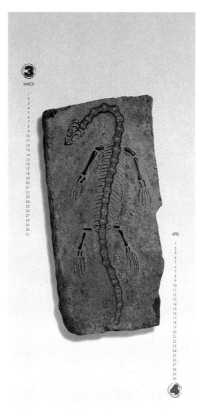

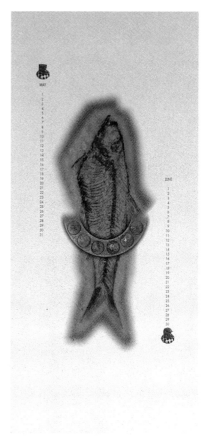

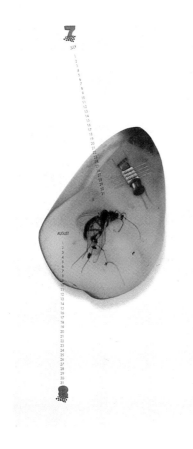

紅蟻設計公司月曆(1998)
DT 1997.11
PL 紅蟻設計 CD 關有仁
AD 關有仁
D 白志成、陳怡
P 張耀仁
AG 紅蟻設計有限公司
CL 紅蟻設計有限公司
• 1998誠品月曆創意獎

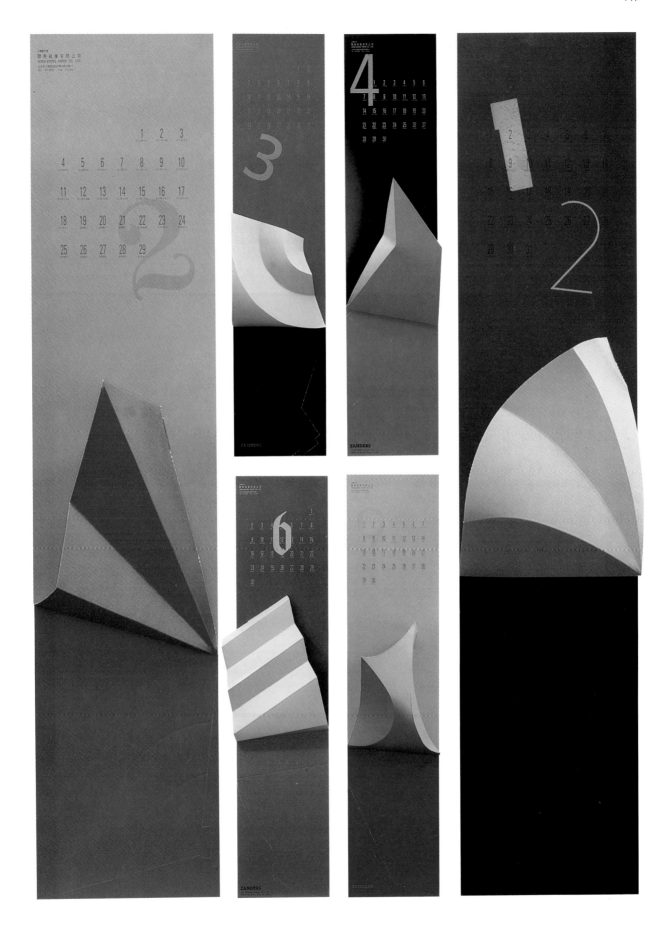

聯美紙業鼠年月曆(1996)
DT 1995.12
PL 蘇宗雄 CD 蘇宗雄
AD 蘇宗雄
AG 檸檬黃設計有限公司
CL 聯美紙業股份有限公司
• 1997 設計月／優良平
面設計獎

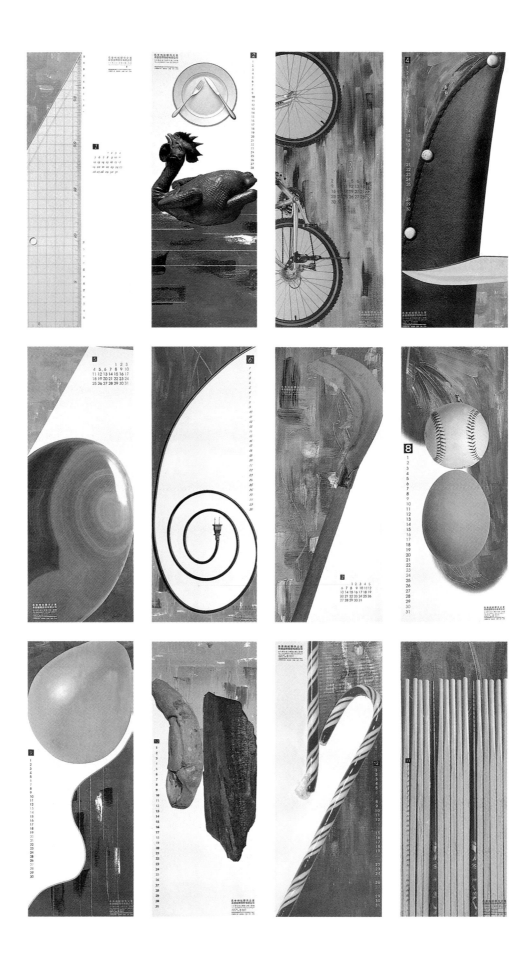

長瑩國際牛年月曆(1997)
DT 1996.10
PL 江秀玲　CD 江秀玲
AD 江泰馨　　D 江秀玲
P 林慶珍　 I 江泰馨
AG 江泰馨設計有限公司
CL 長瑩國際有限公司

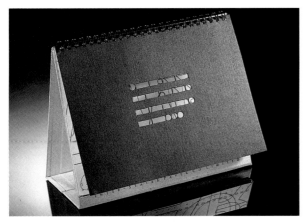

陳永基設計公司月曆(1998)
DT 1997.12
CD 陳永基 AD 陳永基
D 陳永基、葛亭欣
AG 陳永基設計有限公司
CL 陳永基設計有限公司

聯美紙業牛年桌曆(1997)
DT 1996.11
PL 陳永基 CD 陳永基
AD 陳永基
D 陳永基、黃義棠、李慧媛
AG 陳永基設計有限公司
CL 聯美紙業股份有限公司
• 1997 Top Star平面設計類
優異獎

聯美錢鼠迎親圖月曆(1996)
DT 1995.10
PL 陳永基 D 陳永基
I 陳永基 C 陳永基
AG 陳永基設計有限公司
CL 聯美紙業股份有限公司
• 1995 Top Star平面設計類
優異獎

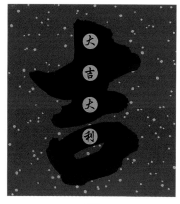

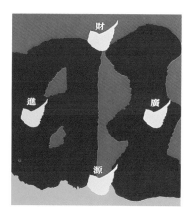

亞洲證券虎年月曆(1998)
DT 1997.11
PL 應康容　CD 游明龍
AD 高思聖　D 翁永圳
I 　游明龍
AG 登泰設計顧問有限公司
CL 亞洲證券股份有限公司

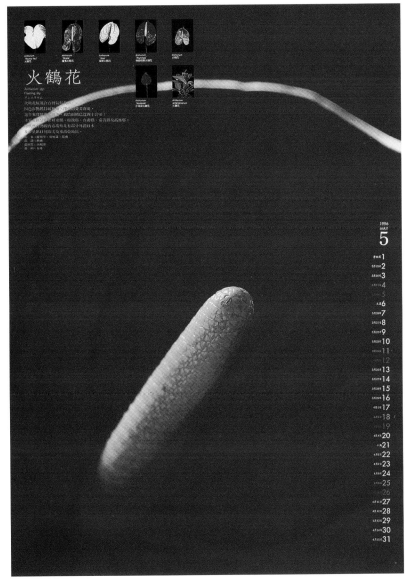

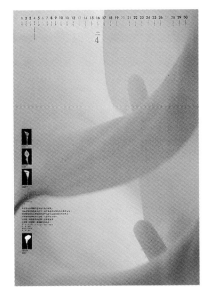

啟欣公司月曆(1998)
DT 1997.10
PL 張妙祝 CD 吳金榜
AD 劉淑玲 D 許素菁
I 許素菁 C 吳金榜
AG 樺彩企劃設計公司
CL 啟欣股份有限公司

花卉月曆(1998)
DT 1997.10
PL 李男 D 李男
C 莊錦華
AG 李男設計有限公司
CL 台灣區花卉發展協會

台灣珍果月曆系列(1998)　　康柏電腦公司桌曆(1996)
DT　1997.11　　　　　　DT　1995.11
PL　傅金福　CD　傅金福　PL　王德華　CD　王德華
D　傅金福　　P　張致文　AD　王德華　　D　白怡屏
AG　漢光文化事業(股)　　P　康柏電腦C陳慧如
CL　漢光文化事業(股)　　AG　橋國際設計顧問公司
　　　　　　　　　　　　CL　康柏電腦股份有限公司

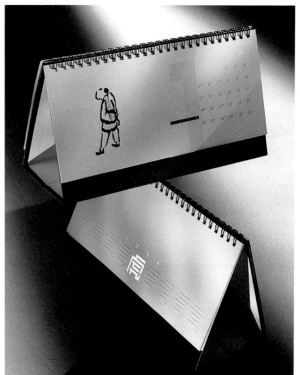

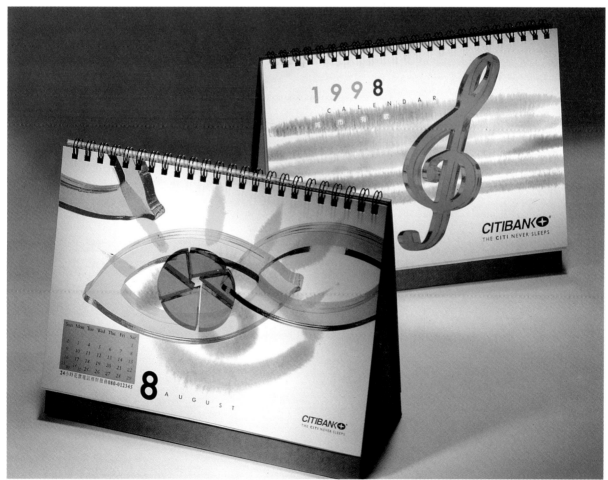

素風景紙品桌曆(1998)
DT 1997.12
PL 陳俊良　D 陳俊良
P 優邑攝影　C 陳俊良
AG 自由落體設計(股)
CL 素風景紙品公司

自由落體公司桌曆(1998)
DT 1997.12
PL 陳俊良　D 陳俊良
AG 自由落體設計(股)
CL 自由落體設計(股)

花旗銀行桌曆(1998)
DT 1997.11
PL 陳俊良　D 陳俊良
AG 自由落體設計(股)
CL 花旗銀行

敦榮實業牛年桌曆(1997)　　生生不息話葫蘆月曆(1998)
DT　1996.11　　　　　　　DT　1997.11
PL　周英弼　AD　周英弼　　PL　程湘如　　D　程湘如
D　陳淑慧　　　　　　　　C　寒舍創意顧問(頑石)
AG　愉芳文化企業(股)　　　AG　寒舍創意顧問(頑石)
CL　敦榮實業有限公司　　　CL　長瑩國際股份有限公司

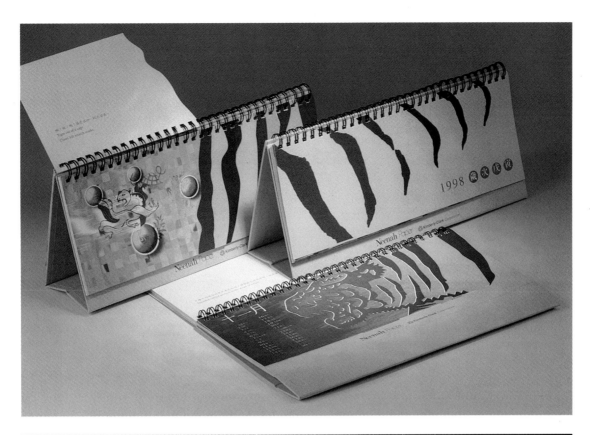

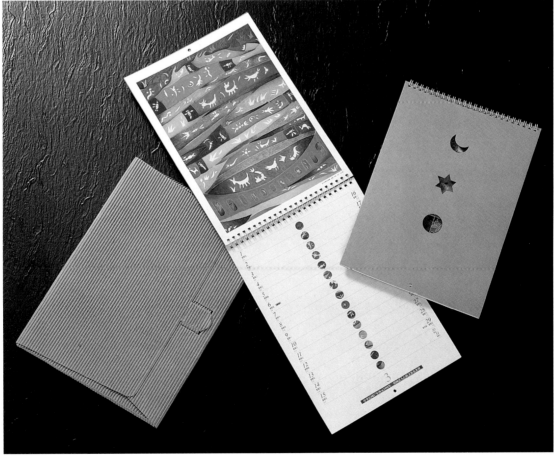

聯美紙業虎年桌曆(1998)　　心路文教基金會月曆(1998)
DT　1997.12　　　　　　　DT　1997.10
D　陳一稔、朱國慶　　　　D　唐亞陽、潘憶梅
　　林彥宜、蔡佳龍　　　　I　阿緞
AG　大觀視覺顧問(股)　　　AG　綠森林紙製品(股)
CL　聯美紙業股份有限公司　CL　心路文教基金會

台灣圖書館風雅月曆 (1997)　台灣圖書館香蘭報歲月曆　創意觀形象聯誼會會員公司
DT 1996.11　　　　　　　DT 1997.11　　　　　　　10種造型週曆 (1998)
D　陳亦珍　P　林守敬　D　陳亦珍　P　林守敬　DT 1997.12
AG 設計家文化事業公司　AG 設計家文化事業公司　PL　創意觀形象聯誼會會員
CL 台灣圖書館　　　　　CL 台灣圖書館　　　　　D　創意觀形象聯誼會會員
　　　　　　　　　　　　　　　　　　　　　　　AG 創意觀形象聯誼會
　　　　　　　　　　　　　　　　　　　　　　　CL 創意觀形象聯誼會

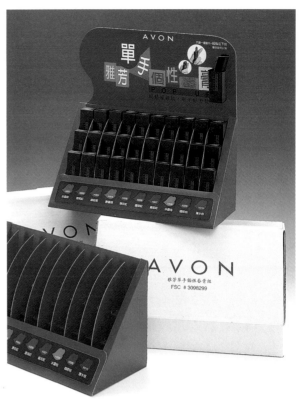

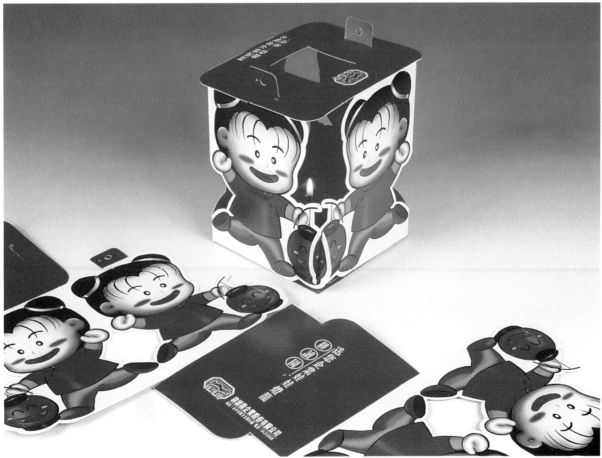

威盛電子公司展示卡　　　　　雅芳單手個性唇膏陳列架　　　耕讀園企業娃娃立體紙燈籠
DT 1997.04　　　　　　　　　DT 1997.04　　　　　　　　　DT 1996.02
CD 陳立君　AD 陳立君　　　　　　　　　　　　　　　　　PL 黃瑞奇　CD 黃瑞奇
D 陳立君　　　　　　　　　　D 潘憶梅　　　　　　　　　AD 李淑芬　D 李淑芬
AG 意思設計工作坊　　　　　　AG 綠森林紙製品(股)　　　　AG 耕讀園企業(股)
CL 威盛電子股份有限公司　　　CL 台灣雅芳股份有限公司　　CL 耕讀園企業(股)

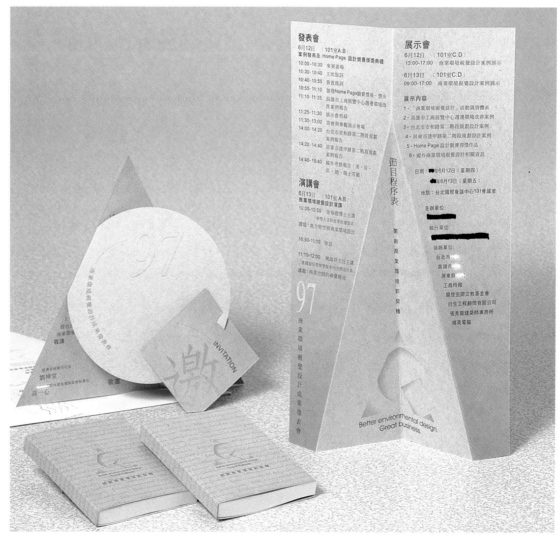

台灣包裝之星獎座　　　　海爾波普慧星活動 T 恤　　商業環境視覺設計成果發表
　　　　　　　　　　　　　　　　　　　　　　　　會系列用品
DT 1996.04　　　　　　　DT 1997.03　　　　　　DT 1997.06
PL 外貿協會 CD 江泰馨　CD 劉聰慧　　　　　　PL 高玉麟 CD 江秀玲
AD 江泰馨　　D 江泰馨　D 漢廷設計小組　　　AD 江秀玲　　D 傅孟斌
AG 江泰馨設計有限公司　AG 漢廷設計事業有限公司　C 徐嘉穗
　　　　　　　　　　　　CL 墾丁高山青大飯店　　AG 江泰馨設計有限公司

紡拓會系列用品　　　世界先進積體電路公司用品　　時報周刊系列出版品
DT　1995　　　　　　DT　1997.05　　　　　　DT　1997
CD　柯鴻圖　AD　柯鴻圖　PL　許惠君　CD　蘭正宗　PL　米開蘭創意設計公司
D　　傅劍書　　　　　　D　　胡昌偉、賴貴美　　D　　米開蘭創意設計公司
AG　竹本堂文化事業(股)　AG　金家設計企業有限公司　AG　米開蘭創意設計公司
　　　　　　　　　　　CL　世界先進積體電路(股)　CL　時報文化出版企業(股)

文藝認同卡
DT 1996.10
CD 陳立君　AD 陳立君
D　陳立君　　　　　　　中國信託蓮花卡　　　　　小林眼鏡星座卡
AG 意思設計工作坊　　　DT 1995.06　　　　　　DT 1996.01
CL 文化藝術基金會　　　CD 唐偉恆　AD 唐偉恆　PL 李芬儀　AD 黃添貴
　　大安商業銀行　　　　D　唐偉恆　　　　　　　D　黃添貴　I　黃添貴
• 文化藝術基金會文藝卡徵　AG 聯廣股份有限公司　　AG 靜體天心視覺設計公司
　選第一名　　　　　　　CL 中國信託商業銀行(股)　CL 小林眼鏡股份有限公司

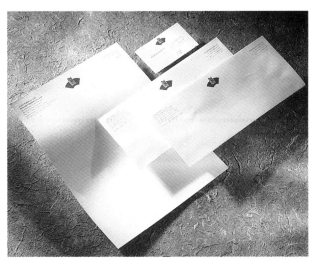

袁曼麗個人名片　　　英國全人醫療診所名片　　　四季軒商務飯店系列用品　　　恆成貿易公司系列用品　　　得利影視公司系列用品
DT 1996.05　　　　　DT 1996.05　　　　　　　DT 1997.03　　　　　　　　DT 1996.06　　　　　　　DT 1995.04
D 袁曼麗　　　　　　D 袁曼麗　　　　　　　　CD 劉家珍　D 劉家珍　　　　PL 程湘如　D 程湘如　　　CD 蔡長青　AD 蔡長青
I Image Club　　　　 I Image Club　　　　　　 AG 翰邑視覺創意有限公司　AG 寒舍創意顧問(頑石)　 D 李文第
AG 袁曼麗設計工作室　AG 袁曼麗設計工作室　　　CL 東鼎國際開發公司　　　CL 恆成貿易股份有限公司　AG 北士設計公司
CL 袁曼麗設計工作室　CL 英國全人醫療診所　　　　　　　　　　　　　　　　　　　　　　　　　　　　CL 得利影視股份有限公司